最後の晩ごはん

聖なる夜のロールキャベツ

椹野道流

角川文庫
21360

登場人物

イラスト／くにみつ

淡海《おうみ》五朗《ごろう》

小説家。高級住宅街のお屋敷に住んでいる。「ばんめし屋」の上顧客。

夏神《なつがみ》留二《りゅうじ》

定食屋「ばんめし屋」店長。ワイルドな風貌。料理の腕は一流。

五十嵐《いがらし》海里《かいり》

元イケメン俳優。
現在は看板店員として料理修業中。

最後の晩ごはん　聖なる夜のロールキャベツ

里中《さとなか》李英《りえい》

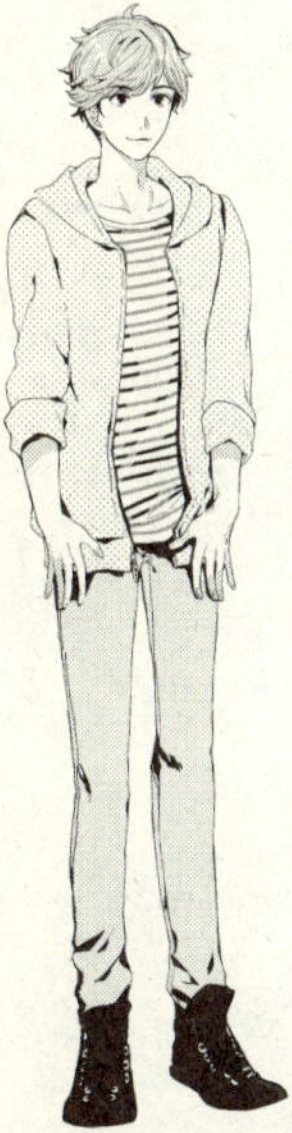

海里の俳優時代の後輩。真面目な努力家。舞台役者目指して現在充電中。

ロイド

眼鏡の付喪神。海里を主と慕う。人間に変身することができる。

五十嵐《いがらし》一憲《かずのり》

海里の兄。公認会計士。真っ直ぐで不器用な性格。

最後の晩ごはん 聖なる夜のロールキャベツ

五十嵐《いがらし》奈津《なつ》

獣医師。一憲と結婚し、海里の義理の姉に。明るく芯の強い女性。

仁木《にき》涼彦《すずひこ》

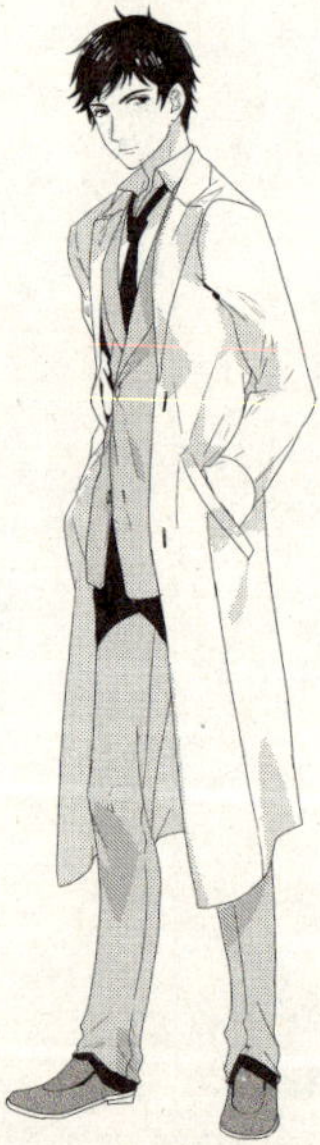

刑事。一憲の高校時代の親友。「ばんめし屋」の隣の警察署に勤務。

プロローグ

カタカタカタ……タン！

キーボードのリターンキーをいささか必要以上に強く叩《たた》き、淡海五朗《おうみごろう》はふうっと深い息を吐いた。

カーテンに覆われた窓の外からは、救急車のサイレンが急速に近づき、あっと言う間に遠ざかっていく。

はて、あの音の変化は何というんだったか。

「ええと……そうだ、ドップラー効果。たぶん、それだ」

しばしのタイムラグの後、思い出した言葉を声に出して、淡海はゆったりと椅子にもたれた。そのまま両腕を天井に向かって突き上げ、なんとなれば両脚もぴょんと上げて、大きな伸びをする。

「うううーん……ふう」

両手両足を同時に下ろした淡海は、ゆっくりとノートパソコンの液晶画面に視線を戻した。

画面の右下に小さく表示されている現在の時刻は、午前二時三十六分だ。なかなかの深夜だが、小説家という生業《なりわい》の彼にとっては、いつもの「活動時間」である。

最近はコメンテーターとしてテレビ出演の機会が増え、生活リズムが乱れがちだが、小説一本で生活していた頃は、午後に起き、本格的に執筆を始めるのは夕食後、そして早朝、日の出と共に眠りに就くというのが常だった。

いわゆる昼夜逆転生活と呼ばれるパターンだ。

子供時代、朝早く起きて学校に行くのが何よりつらかった淡海にとっては、そのリズムで寝起きするのがいちばん快適だし、しっくりくる。

世の中の人は、とかく「早寝早起き」を賞賛するが、淡海は、人類には朝型と夜型、両方のタイプがいると考えている。

医学的な知識があるわけでなし、ただの経験から来る推論だが、彼はその持論にそれなりの自信を持っている。

遠い昔、洞窟《どうくつ》で寝起きし、毛皮の服をまとっていた頃の人類にも、日勤タイプと夜勤タイプがいたに違いない。きっと自分の祖先は、夜勤タイプのネアンデルタール人だかクロマニヨン人だかだったのだろう。

他の仲間たちがすやすや眠る夜のあいだじゅう、大切な火を決して絶やさぬよう、焚《た》き火《び》に薪をくべ続けることだけが仕事のひょろひょろした頼りない男。

決してマンモスと戦ったりはできない、どこか自分に似た顔立ち、しかしおそらくひげもじゃ、毛むくじゃらの先祖の姿をぼんやり思い浮かべながら、淡海は椅子から立ち上がった。

もう一度、ノートパソコンの画面を見下ろし、血走った細い目をさらに細くする。

画面には、びっしりと文字が並んでいた。

横書きの文章のいちばん下に、数行の空間を空け、「完」という文字がぽつんと打ち込まれている。

それを見つめる淡海の薄い唇には、なんともくたびれた笑みが浮かんでいた。

「書けた。やっと完成した。なんて長い道のりだったんだろう」

そう呟《つぶや》きながら、彼の片手はマウスを慣れた様子で操作し、文章を保存した。

それから彼はパソコンから離れ、すぐ背後にあったセミダブルのベッドに腰を下ろした。そのままの勢いで、ゴロリと仰向けに横たわる。

柔らかな色合いの間接照明に照らされた天井を見上げ、淡海は満足げに息を吐いた。

「とうとう、終えられたんだな。……本当は、最後の一章だけは芦屋《あしや》で書き上げたかったけど、そんなくだらないセンチメンタリズムを通せるほど、大御所じゃない」

そんな独り言を、少しだけ悔しそうに口にしながら、淡海は室内を見回した。

彼がいるのは、東京都内のシティホテルの一室だ。

淡海が出演するテレビ番組の収録は、ほとんど都内で行われる。兵庫県芦屋市の自宅からいちいち通うのは大変なので、最近は、東京に滞在することが多くなった。

これからもこんな生活が続くようなら、首都圏にも家を持つ必要が出てくるだろうが、何しろ家賃も土地もべらぼうに高い。決断には、もうしばらく時間がかかりそうだ。

そんなわけで今のところ、淡海は懇意な編集者が薦めてくれたこのホテルがすこぶる気に入り、東京の「自宅」代わりとして便利に使っている。

新幹線が停まる駅にごく近く、周囲にコンビニエンスストアや深夜まで営業する飲食店が複数軒あるのが便利でいい。

フロントが最上階にあるので、出入りのたびに従業員に監視されているような気分になることもないし、肝腎《かんじん》の客室も、お世辞にも広いとは言えないものの、清潔で機能的だ。

何より「睡眠導入システム」とやらがベッドに組み込まれているのが面白い。

システムをオンにすると、足元が微《かす》かに振動し、ゆったりした音楽が流れ始める。それが、心地よい眠りを誘うという仕組みらしい。

普段は限界まで仕事をしてほぼ気絶状態で寝入るので、このシステムの世話になったことはないのだが、今夜ばかりは必要かもしれないと彼は思った。

何しろ、構想期間を含めれば一年余りを費やした小説が、ようやく完成したのだ。

無論、本当の完成、つまり一冊の本として発売に至るには、彼自身の推敲《すいこう》に始まり、多くの人たちの手を借り、長い過程を経なければならないが、それでも物語を最後まで書き上げるという、最初にして最高に難易度の高い段階をクリアできた喜びと安堵《あんど》感は大きい。

今日は朝のラジオ番組へのゲスト出演が決まっているので、今すぐ眠っても睡眠時間は三時間弱しかないのだが、気持ちが昂《たか》ぶりすぎて、とても眠れそうにない。

(このまま起きておくか、それともこの「睡眠導入システム」の効果の程を試してみるか……)

いっそ原稿を読み返そうかとも思ったが、淡海は、原稿チェックがパソコンの画面ではできない、いささか古風な人類だ。どうしても、紙に印刷したものを読まないと、ピンと来ない。

さすがにホテルにプリンターを持ち込むことはしないので、印刷するには、原稿のデータを記憶媒体に入れ、それを近所のコンビニエンスストアに持参してコピー機で印刷するという手順が必要になる。

大した手間ではないのだが、疲労困憊《こんぱい》状態の今は、保存から先がどうにも億劫《おっくう》だ。

(すぐ読み返すと、自分の文章に酔ってしまいそうだから、時間を置いて、ラジオの仕事を終えてからにしよう。徹夜明けでラジオに出て、生放送でおかしなことを口走っても困るし、眠ったほうがいいよね)

そう考え、せめて眠る前に歯磨きだけはすべきかと起き上がろうとした彼は、ベッドに手をついたところで不意に動きを止めた。

いつの間にか、ベッドの傍らに誰かが佇《たたず》んでいたのである。

それは、見るからにティーンエイジャー……十六、七歳の少女だった。

すらりとした細身の身体を野暮ったい緑色のジャージの上下に包み、長い髪をポニーテールにまとめている。

小作りの素顔はキリッとしていて、大きな、意志の強そうな目が印象的だ。

化粧っ気はまったくないし、アクセサリーと呼べるほどのものも身につけていないが、ただ一つ、ジャージの上着の襟に、金色のペンギンの、小さなピンバッジが留めてある。

どこの高校にもひとりはいそうなその美少女には、一つだけ、大いに尋常ならざるところがあった。

全身が、半ば透けているのである。

現に淡海の目には、少女のほっそりした胴体越しに、さっきまで向かい合っていた机の上のノートパソコンが見えている。

そんな少女の存在に少しも驚くことなく、淡海は今度こそゆっくり身を起こした。ベッドの上に胡座《あぐら》をかき、少女の顔を見上げる。

少女もまた、淡海をじっと見つめていた。

ふっくらした、淡く色づいた唇はキュッと引き結ばれ、まっすぐな眉《まゆ》は軽くひそめられている。

何より、二重まぶたの大きな瞳《ひとみ》には、悲しみと怒りが入り交じった、複雑な表情が湛《たた》えられている。

そんな少女の非難と問いかけの表情に、淡海の顔には何とも後ろめたそうな、恥ずかしそうな、歪《ゆが》んだ笑みが浮かんだ。

「わかっているよ、純佳《すみか》」

淡海は、迷わず少女の名を呼んだ。

それは、若くして交通事故死した、彼の妹の名だった。

繊細で傷つきやすい兄を常に案じ、支えていた彼女は、兄を心配する気持ちが強すぎて、「この世を去る」ことをせず、魂となって、ずっと彼と共にあった。

ひょんなことからそれに気付いた淡海は、もはや薄れつつあった妹の魂を自らの内に迎え入れ、以来、自分の身体と心を亡き妹と分かち合った状態で生きている。

他人には上手《うま》く説明できないが、五感のすべてを妹と分かち合い、胸の内で妹と色々と語り合いながら、日々、暮らしているのである。

そんな妹が、こうして姿を見せるのは、久しぶりのことだ。

淡海の身体を離れると、妹の純佳は、体内にいるときのように自由に言葉を操ることができない。

それなのに、敢《あ》えてこうして出てきたのは、自分の表情で、強い気持ちを伝えたいからに他ならないだろう。

「わかっているよ」

淡海が同じ言葉を繰り返すと、純佳は軽く唇をとがらせ、小さく首を横に振った。

『全然わかってない』と言いたげな仕草だ。

だが淡海は、静かに言葉を返した。

「わかっているとも。僕が今からしようとしていることは、とても恩知らずなことだ。いっそ、人でなしなことだと言ってもいい」

少女は、怖い顔のままでコックリ頷《うなず》く。

「わかっているのに、何故そうするのかと言いたげだね。……理由は色々あるんだ。そこは、覗《のぞ》いてない？」

今度は憤慨した様子でぶんぶんと勢いよくかぶりを振り、兄を軽く叩《たた》く仕草をした少女に、淡海は両手を胸の高さに上げ、降参の仕草をした。

「親しき中にも礼儀あり、か。知ってる。お前は、僕の心を覗き見したりはしない。そんなことをしなくても、全部お見通しだから……と思っていたけれど、さすがに今回ばかりは予想外だったかい？」

頷く妹の「幽霊」に、淡海はあぐらを解き、両足を床に下ろして、畏《かしこ》まった姿勢でこう言った。

「本当に、理由はいくつかあるんだ。でも、それを今、お前に話せば、ただの言い訳になる。だから言わないよ。ただ、これだけはわかってほしい。僕は、自分がしたことの結果は、すべて真っ直ぐ受け止めるつもりだ。逃げたり、誤魔化したりはしない」

それを聞いて、少女の眉間《みけん》に刻まれた浅い皺《しわ》が、ゆっくりと消えていく。

ずっと真一文字だった唇が緩み、ゆっくりと動いた。

ほ　ん　と　う　に　？

少女の唇が声を出さずに紡ぐ言葉を正確に読み取り、淡海は真顔で頷いた。

「うん。……純佳、君はとっくに知っていることだろうけど、何一つ、変わらないものなんて、ない。同じ場所にずっと留《とど》まれる人間も、誰ひとりいないんだ」

純佳は、軽く首を傾げた。先細りのポニーテールの尻尾《しっぽ》が、小さな顔の向こうで、わずかに揺れる。

それを見ながら、淡海は静かに言葉を継いだ。

「僕はこれまでずっと流されてきた。ときに、優しい人たちの手に引っ張り上げてもらいながら、それでもずっと受け身の人生だった。でも、そんな僕にも、誰かの人生に積極的に関わるべきときが来たのかもしれない。その『誰か』を流すのか、引っ張り上げるのか、僕が逆に流されるのか……慣れないことをするから、結果はまったく読めないけどね」

それでも、やるつもりだ。

最後にそう付け加えて、淡海はどこか緊張した笑みを浮かべ、軽く両腕を広げてみせた。

「わかってくれたなら、仲直りに、やっぱりコンビニに行こう。僕は出来たてホヤホヤの物語をプリントアウトしに、純佳は、新しいお菓子をチェックしに」

それを聞いて、少女はようやく少し安心した様子で微笑み、頷いた。と、同時に、その姿は魔法のようにかき消える。

小さく嘆息した淡海は、弾みをつけて立ち上がった。

「では、寒さに耐えて、ささっと行きますか。善は急げだ」

そう言って、ハンガーに引っかけてあったロングコートを着込み、いい加減な部屋着を覆い隠した淡海は、ノートパソコンからメモリースティックを抜き取って、机上の財布を手にした。

そのままの勢いで部屋を出ようとした彼は、扉の前でふと足を止め、コートの襟の合わせ目あたりをそっと手のひらで押さえた。

「いつも僕を心配してくれて、叱ってくれて、本当にありがとう」

目を閉じ、胸の中にいる妹にそっと語りかけてから、淡海は壁の装置に差し込んであったカードキーを、勢いよく引き抜いた……。

一章　北風、隙間風

兵庫県芦屋市、阪神《はんしん》芦屋駅のすぐ北側、芦屋川沿いに建つ小さくて古びた日本家屋。

それが、日没から日の出まで営業する風変わりな定食屋、「ばんめし屋」の所在だ。

「うう、さぶ。また雪がちらついてきよったで」

そう言いながら、店の引き戸をガラリと開けて入ってきたのは、店主であり、料理人でもある夏神留二《なつがみりゅうじ》だった。

大柄で筋肉質な身体を冬でもTシャツに包み、その上からフライトジャケットを着込んでいる。首元にグルグル巻き付けたマフラーと、そこから覗く赤くなった鼻の頭が、外の寒さを物語っている。

他の季節は裸足《はだし》にサンダル履きの足元も、十一月からはさすがに革製の履き慣らしたショートブーツになった。

ズボンだけが、いつもと変わらぬストレートジーンズだ。

「おかえり！　うわ、夏神さんが引き戸を開けただけで、滅茶《めちゃ》苦茶冷たい風が入ってきたよ」

カウンターの中から声を掛けたのは、同居人の五十嵐海里《いがらしかいり》だった。

かつて俳優だった彼は、捏造《ねつぞう》スキャンダルで芸能界を追われた過去がある。その頃、偶然出会い、命を救ってくれた夏神のもとに身を寄せた彼は、今は料理人見習いとして、「ばんめし屋」で働いている。

もうひとり、「お帰りなさいませ！」と礼儀正しく夏神を迎え、彼が提げたエコバッグをいそいそと受け取りに行ったのは、ワイシャツとニットベスト、それにツイードのズボンといったトラディショナルな服装の上からエプロンをつけた、初老の白人男性だった。

「おう、ロイド。大根三本入っとるから、けっこう重いで？」

夏神は、少し心配そうに、パンパンに食材や台所用品が詰まったエコバッグを差し出す。

「大丈夫でございますよ。お任せくださいませ」

こちらは自信満々でバッグを受け取った男性は、荷物の予想以上の重さにたちまち取り落としそうになり、「ふぬ！」と、両手両足を思いきり踏ん張ってこらえる。

「ほれ、言わんこっちゃあれへん。貸せや」

夏神は笑いながら手を出したが、男性は「大丈夫でございます！」と、半ば意地になり、ヨタヨタとバッグをカウンターの中の厨房《ちゅうぼう》へ運んでいく。

何も知らない人が見れば、年配の人になんてことをと眉《まゆ》をひそめそうな光景だが、夏神も海里も、「ホンマかいな」「大丈夫かよ」とそれぞれ声をかけつつも、敢えて手を出さず、見守っている。

男性の名は、ロイドという。

どこから見ても立派な英国紳士の姿をしているものの、人間ではない。

ある夜、海里が偶然拾った古い眼鏡が、ロイドの正体である。

長年、人間に愛され、丁重に扱われた器物には、ときとして魂が宿るという。

イギリスで生まれ、日本で長い年月を過ごしたロイドも、そんな「付喪神《つくもがみ》」のひとりなのだそうだ。

長年愛用してくれた持ち主が死に、無残に打ち棄てられていたロイドは、危ういところを海里に助けられた。以来、海里を主《あるじ》とあおぎ、この店の立派な戦力として、仕事に励んでいる。

初めての客は皆、日本語ペラペラの英国紳士に例外なく驚くが、すぐにロイドの人懐っこく、開けっぴろげな接客に和まされることになる。

今となっては、ロイドは「ばんめし屋」の、なくてはならない「第三の男」だ。

「ふう、無事に着地でございますよ！　腕がもげるかと思いました」

厨房の調理台の上にバッグをどうにか置き、ロイドは両腕をぐるぐると回してみせる。

海里は、面白そうに言った。

「眼鏡の腕がもげるって、どこのことだ？　リム？」

「さて、それはわたしにもさっぱりわかりませんが、リムが外れてしまっては、眼鏡として働くことができません。困りますねえ」

「困るから、あんま無茶すんなよ。……うわ、ぶっとい大根！」

バッグの中身の大半を占める大根を次から次へと取り出し、シンクに横たえながら、海里は驚きの声を上げた。

「せやろ～。今日の掘り出しもんや」

夏神も、ジャケットを脱いで近くの椅子の背もたれに引っかけ、どこか得意げな顔でカウンターに入ってきた。

「すげー立派。葉っぱも青々してる。でも、ずいぶん高かったんじゃねえの？」

海里は早速、大根をざぶざぶと水洗いし始めた。夏神は、赤くなった手をゴシゴシと擦《こす》り合わせて温めながら答える。

「いや、八百屋の今日のサービス品や。こうもでかいと、規格外になってしもて逆に仕入れ値が安うなるらしいわ。おかしな話やな」

「マジかよ。せっかく頑張って育ったのになあ、可哀想に。まあ、俺たちにとってはありがたいけど。葉っぱもついてるし。美味《おい》しく料理してやるからな～」

海里はよしよしするように、大根の真っ白な表面を撫《な》でる。

「葉っぱは、湯がいてから細こう刻んで、塩して……」

喋《しゃべ》りながら、夏神も厨房に入ってくる。ザンバラ髪をバンダナで手際よくまとめ、引き締まった腰に前掛けを着け、紐《ひも》を回しかけて前でキュッと結んだ。

「ぎゅーっと水気を絞って、ご飯に混ぜる？」

「いんや、混ぜて長いこと保温すると、菜っ葉の色が悪うなるからな。都度、飯の上にパラッと振りかけて、白胡麻《しろごま》でも散らすほうがええやろ」

「ああ、なるほど。漬け物代わりね。冬は料理がなんか地味になりがちだから、緑があるのはいいよな」

二人の会話をふむふむと頷《うなず》いて聞きながら、ロイドは海里のために行平鍋《ゆきひらなべ》とまな板、愛用のペティナイフ、それにステンレスの小さなボウルを出して調理台に並べた。

こんな風に、ロイドは調理のアシスタントも立派に務める。

彼の「本体」は熱に極端に弱いセルロイドなので、火の傍に近づくことはできない。

それでも、ゴム手袋を嵌《は》めて洗い物をしたり、食器や調理器具を出したり、冷たい料理の盛り付けをしたりと、縁の下の力持ち的にせっせと働いている。

「サンキュ、ロイド。で、大根本体は明日《あした》使う？」

「いや、今日の小鉢にしよと思うてな。お前は葉っぱのほう、頼むわ」

「んじゃ、場所空ける」

海里は大根の根元ギリギリの所で葉の部分を切り落とし、まな板の前からどいた。まずは行平鍋に水を張って、火にかける。

「おう」

夏神は綺麗《きれい》に手を洗い、海里と入れ替わりにまな板の前に立った。自分愛用の包丁を出してくれたロイドに礼を言ってから、ふと、彼が何かしたくてウズウズしているのに気づき、夏神は笑ってこう言った。

「すまんけど、さっきのバッグと、あと、リュックに買《こ》うてきたもんが詰まっとるから、適当に直しといてくれるか？」

用事をいいつけられ、ロイドの彫りの深い顔がパッと輝く。

「直す、というのは、こちらの言葉で『片付ける』の意でございましたよね？　かしこまりました！　前の主もこちらの出身でしたが、奥方様は横浜《よこはま》育ちでしたので、お二人の間で、よく勘違いが発生していた言葉のひとつです」

「あー、わかるわかる。俺も横浜からこっちに越してきたクチだから、クラスメートに『直す』って言われて、壊れてないのに、どこを修繕するんだろ……って、しばらく謎だった」

当時を思い出し、海里は大根の葉の生え際までもう一度丁寧に洗い、泥を落としながらクスッと笑った。夏神は、意外そうに太い眉根を寄せる。

「直す言うたら、当然、修繕と違うて……いや、そっちの意味もあるか」

「あるある。つか、そっちがメインストリーム」

「ホンマか……。言葉の壁は厚いなあ」

やれやれと首を振り、夏神は大根を二センチほどの厚さの輪切りにし始めた。

「ほんで、他の仕込みは？」

海里は、ボコボコと沸騰し始めた鍋の湯に、まずは大根の葉の太い部分だけを入れながら答えた。

「メインの唐揚げは、もう鶏肉《とり》切って、漬け込んである。今日は俺の気分で、味噌《みそ》じゃなくて、醤油《しょうゆ》とみりん、それに生姜《しょうが》どっさりとニンニク超ちょっぴりのトラディショナルタイプ」

「かめへん。ほんで？」

「付け合わせのキャベツは千切りにしてある。あと、トマトと胡瓜《きゅうり》はロイドが切った」

「はい、わたしめが心を込めました！」

夏神が買い出ししてきたものを、客席のテーブルで仕分けながら、ロイドが誇らしげに声を上げる。

「俺だって込めました〜。小鉢、何も言ってなかったから、冷凍してある小芋か何かで用意しようかと思ってたんだけど、取りかかってなくてよかった」

「おう、俺もそう思うてたんやけどな。大根が立派過ぎて、どうしても使いとうなってしもた」

わかる、と笑顔で同意し、海里は大根の葉をぐるんと鍋の縁に沿わせるようにして、すべて湯の中に入れた。菜箸《さいばし》でつついて全体が湯に沈むようにしながら、海里は夏神の手元を見る。

夏神は、どんな料理でもテクニックでも惜しげなく教えてくれるが、実際の仕事を見ることでみずから学ぶのも、弟子の仕事の内である。

「そんで、何にすんの？」

「せやなあ。今日みたいなさっぶい日には、とろーんと柔らこう煮えた、熱々の大根がええやろ」

「じゃあ、ふろふき？」

「……にするか、揚げさんと一緒に炊くか。どっちにしようか考えとったんやけど、やっぱしふろふきやろか」

「俺は、ふろふきファースト！　味噌だれラブ！」

やけに力強くふろふき大根を推す海里に、夏神はほろっと笑って「わかったわかった」と承諾した。

いそいそと冷蔵庫や戸棚に夏神が買ってきたものをしまいながら、ロイドは羨《うらや》ましそうな口調で、二人の会話に割って入る。

「よろしゅうございますねえ、あつあつの大根。わたしには一生口にできない、憧《あこが》れの食べ物でございますよ」

海里は湯から引き上げた大根の葉を水で冷やしながら、気の毒そうな顔をした。

「わかるけど、大根食って変形したら、それこそ一生悔やむだろ。我慢しろよ」

「無論、我慢致しますが、羨ましゅうございます」

「まあ、ほどよう冷めてから食うたらええ。それでも旨《うま》いもんや」

夏神はそう慰めながら、切り分けた大根の皮を分厚く剝《む》いていく。筋が多い部位をしっかり除くので、大根は一回り小さくなるが、それでもまだ十分に太い。

剝いた皮を一かけ口に入れ、夏神は、小さく頷いた。

「よっしゃ、いこ」

そう言うと、彼は寸胴《ずんどう》鍋に水をたっぷり張り、そこに大きくカットした出汁《だし》昆布を入れた。そして、皮を剝いたはしから、大根をどんどんその中に放り込んでいく。

海里は、面食らって目をパチパチさせた。

「テレビ番組の料理コーナーでは、大根、ちゃんと面取りして、下茹《したゆ》でしたよ？　つか、夏神さんも去年作ったとき、面取りはしなかったけど、下茹ではしてたじゃん」

すると夏神は、「アホか」と言うなり、海里の口にも大根の皮を押し込んだ。

「うぐ」

師匠が食べさせたものを吐き出すわけにもいかず、海里は目を白黒させながら大根の硬い皮を咀嚼《そしゃく》し、「ん！」と声を上げた。

「甘い」

「そういうこっちゃ」

夏神はニヤッと笑い、海里の形のいい額を、人差し指でパチンと弾《はじ》いた。

「あだッ」

「何でも、当然こうするもんやっちゅう固定観念で動いたらアカンぞ。必要のないことは、せんでええんや」

まだもぐもぐと口を動かしながら、海里は「なるほどな～」と不明瞭《ふめいりょう》な口調で言った。

「前に夏神さんが大根を下茹でしたのは、もしかして、大根が苦かったり辛かったりしたから？」

「そういうこっちゃ。えぐみが強いときは、やっぱしいったん下茹でしたほうがええ。そのほうが、味が優しゅう丸うなる」

「ふむふむ」

「全体的に筋がきっついときは、面取りしたほうが、少しは口当たりがようなる。せやけど、この大根はみずみずしゅうて柔らこうて、甘いやろ。ほんなら、その甘さをそのまんま料理に使うほうがええに決まっとる」

「なるほどな～」

「教わったとおり、レシピのとおりに何も考えんとやるんは、プロの仕事違うぞ、イガ」

「はーい。すいませんでした」

恥ずかしさも手伝い、若干不真面目を装った返答をした海里は、冷やして絞った大根の葉を持って調理台に移動してきた。

品物の整頓《せいとん》を終えたロイドもちょこちょことやってきて、二人に倣い、大根の皮を少しちぎって食べてみる。

「おや、これはよい大根でございますな。皮を捨ててしまうのは勿体《もったい》ないような」

「捨てへんで」

「捨てねえよ」

途端に、師弟が同時に言い返す。

「おやおや、息ぴったりで結構なことでございますな。して、如何様《いかよう》に利用なさいますので？」

軽くのけぞって訊《たず》ねるロイドに、二人はまた同時に答えた。

「即席漬けや」

「きんぴらだろ」

互いに違う答えを言ったことに気づき、夏神と海里は顔を見合わせる。ロイドは、面白そうに手を打った。

「意見が割れましたな。さて、いずれに」

「どっちも作ったらええやろ。三本分あるんやし。ええ箸休めになるわ」

夏神はそう言うと、大根の皮を厚みと同じ、四ミリほどの幅に切り始めた。その横で、海里は大根の葉を細かく刻んでいる。

「なるほど。では、試食係は、不肖わたしめが務めましょう」

呑気《のんき》にそう言って、ロイドは濡《ぬ》らして固く絞った布巾《ふきん》を持ち、カウンターを出た。

掃除は今朝の閉店後にきちんと済ませているのだが、午後の仕込みのときには、もう一度、テーブルと椅子を綺麗《きれい》に拭《ふ》き、卓上の爪楊枝《つまようじ》や調味料の減り具合をチェックする作業が残っている。

テーブルを拭き始める前に、ロイドはふと気付いたように、壁のホルダーに収めたテレビのリモコンを取った。

三人とも……特に海里は、午後のワイドショーにはまったく興味がないが、午後三時過ぎの今の時間帯は、ドラマの再放送がある。

今は、三人ともがわりに気に入っている刑事ドラマのファーストシーズンを放送しているので、余裕があれば見ることにしているのだ。

しかし、ロイドがチャンネル選択を誤り、画面に現れたのは、巷《ちまた》でかなり人気のある男性タレントだった。

関西のお笑い出身だが、今はもっぱらバラエティ番組の司会者として活躍しており、歯に衣《きぬ》着せぬ発言が賛否両論を巻き起こす。いわば、炎上商売をする芸風だ。

「うわ、あいつ嫌い。早く滅びろ」

画面にその人物の姿を見るなり、海里は今にも舌打ちしそうな顰《しか》めっ面で吐き捨てた。

夏神は、片眉《まゆ》を上げ、横目で海里を見る。

「なんでや？　お前がそない大っぴらに誰かを嫌うんは、珍しいな」

「大ッ嫌いだよ。まだミュージカルに出てた頃に、あいつがMCやってた朝のワイドショーに呼ばれて、そりゃもう雑な扱いをされたんだよね。マンガが原作のミュージカルだったから、いかにも『オタク女を食い物にしてる、残念なイケメンたち』みたいな立ち位置だって決めつけられて」

　ロイドはリモコンを握ったまま、憤慨した様子で身を震わせた。

「なんと！　当代一のイケメンたる我が主《あるじ》に対して『残念なイケメン』とは、あまりにも失敬な！　この御仁、たった今、眼鏡の逆鱗《げきりん》に触れましたぞ！」

「お前の怒りに触れたら何だってんだよ。つか、当代一はねえだろ、さすがに。……でもまあ、ありがとな」

　ロイドが自分の代わりに怒ってくれたので、少しは気持ちが落ちついたのだろう。海里はいったん置いてしまったペティナイフを再び取り、青々と茹《ゆ》で上がった大根の葉を丁寧に刻む作業を再開した。

　夏神は、そんな海里を心配そうに見やる。

「そんで、あいつにどないな扱いを受けたんや？」

「オファーは『今、大人気ミュージカルで活躍するイケメン俳優たちに迫る！』だったのに、舞台の映像には滅茶苦茶《めちゃ》小馬鹿にしたテロップばっかり入れられてた。『オタク女子、絶叫！』とか『化粧とコスプレでキャラクターになりきる！』とか。化粧とコスプレでキャラクターになりきれたら、誰も苦労しねえっつうの」

　まるでその男性タレント本人を刻んでいるかのような勢いで、海里は画面から目を背け、ザクザクと青菜を刻んでいる。

「おい、そないムキになって、指まで切りなや。……それはまあ、アレか。面白おかしゅう弄《いじ》るためだけに呼んだっちゅうわけか」

「そうそう。挙げ句の果てに、あいつが『ここでやってよ、オタク女がイチコロで参っちゃう自慢の決め台詞《ぜりふ》を、最高の決めポーズで！』って言い出したんだ。確かに、事前にそういうのをやってもらうって言われてはいたけど、『オタク女がイチコロで参る』って言い草はねえだろ。俺たちの大事なお客さんだぞ」

「まったくもって！　海里様の仰《おっしゃ》るとおりでございますよ。それで、如何《いかが》なさいました？」

「ん……」

そこで初めて、海里は鼻白み、手を止めた。夏神は、そんな海里の顔をジロリと見る。

「まさかお前、そないな失礼言われて、諾々とやったんか？」

すると海里は、酷《ひど》く決まり悪そうな顔で白状した。

「嫌だったよ。やりたくなかった。けど、仕事だから」

「仕事言うたかて、嫌やったんやろ？」

「嫌に決まってる。俺たちは、どう言われても別にいいよ。でも、お客さんを馬鹿にされるのは、ホントに嫌だった。我慢出来なかった。俺も、一緒に呼ばれた主役の俳優も、李英《りえい》も、みんな気持ちは一緒だったよ。けど、わかってもいたんだ。影響力のある業界人と揉《も》めていいことなんか、ひとつもないって」

「ひとつもないて……干されるっちゅうことか？」

「そういうこと。嫌がらせされたり、番組に呼んでもらえなくなったりするわけ。せっかくミュージカルを広く知ってもらおうと思って番組に出てるのに、そこでチャンスを潰《つぶ》すとか、馬鹿だろ？　司会者のご機嫌を損ねるようなことを言うのは、絶対にNGなんだ。袖《そで》で、それぞれのマネージャーも、全身を使って『怒るな』ってブロックサインしてた」

「そやけど」

「それでは、あまりに酷いではありませんか」

まるでその場に居あわせたように、夏神とロイドはそろって憤懣《ふんまん》やるかたない表情になる。海里は、しょんぼりした顔で肩を竦《すく》めた。

「俺と主役の俳優は、色々飲み込んで、それでも笑顔でやろうって、視線で決めた。けど、そのとき、それまで『はい』しか言わずに大人しくしてた李英が、突然声を上げたんだ」

李英というのは、ミュージカル時代から海里を慕う、俳優の里中《さとなか》李英のことだ。

この店にも何度も来たことがあるので、夏神やロイドともすっかり顔見知りである。

そんな李英の名を聞いたロイドは、リモコンを持ったままカウンターに駆け寄った。

「李英様が！　如何様に？」

「あいつ、『先輩ふたりの決めポーズと決め台詞は、老若男女を問わず、あらゆる人に効果があると思います！』って言ってくれた。滅茶苦茶勇気を振り絞った震え声で、それでもガチガチに強張《こわば》った笑顔で。全身ガタガタ震えてるのがカメラに抜かれて、みんな、大笑いしてた。でも、俺たちは泣きそうだったよ」

当時のことを思い出して、海里もまた、微妙に声を震わせた。

「おかげで、俺たちは『そのとおり！』って、笑顔で思いっきり決めポーズと決め台詞をぶちかますことができた。それを見て、劇場に足を運んでくれたって人も、たくさん現れた。あいつの一言で、俺たちだけじゃなく、関係者みんなが救われたんだ」

「はあ。そんなことがあったんか。里中君は、可愛い顔して男前やな」

しみじみと言った夏神に、海里は寂しそうに頷《うなず》く。

「ホントにな。あのクソ司会者に、『そんで、先輩ふたりはええけど、君はまだアカンのかいな』っていいように弄られても、笑いものにされても、李英はニコニコしてた。あいつ、ホントにあの頃から賢いんだ。出るとこと引くとこが、ちゃんとわかってる。良心を殺さない我慢の仕方や、プライドの捨てどころをナチュラルに知ってる。だから俺は、あいつには全然かなわないんだよな。俺、プライドお化けだし」

最後の一言を自嘲《じちょう》めいた口調で言って、海里は刻んだ青菜に塩を振りかける。

夏神がそんな海里に何か言おうとするより先に、ロイドが「おや！」と大きな声を出し、画面を指さした。

ちょうど、司会者が今日のトークゲストをスタジオに呼び込んだところである。

ロイドの声につられて画面を見上げた海里も、「あっ」と、やはり驚きの声を上げた。

番組レギュラー陣や観客の拍手で迎えられ、笑顔で手を振りながらスタジオに入ってきた長身瘦軀《そうく》の男性は、海里とロイドには見覚えのある人物だったのだ。

それは、人気俳優のササクラサケルだった。

特撮番組出身者でありながら、一般のテレビドラマや映画に進出した、いわば海里たちの大先輩にあたる人物である。

六十を過ぎた今では、演技派俳優という評価に飽き足らず、舞台演出家や映画監督としても実績を積み重ねつつある。

四ヶ月前、海里はひょんなことで、彼が主演し、演出も手がけた舞台に立った。

たった一日だけの神戸《こうべ》公演に、当時、関西に長期滞在中だった李英が出演することになり、海里はそれを観るべく、会場に赴いたのである。

ところが、ひとりの俳優が急病で動けなくなり、海里が李英の稽古《けいこ》相手をずっと務めていたことを知っていたササクラが、海里を代役に抜擢《ばってき》したのだ。

確かに台詞はすべて頭に入っていたものの、場当たりすらないぶっつけ本番、しかもたった一度のチャンスである。

文字どおり無我夢中で演じるのがやっとで、舞台袖に引っ込んだ後も、手応《てごた》えなどは微塵《みじん》も感じられなかった。

それでも、あとでササクラに「いい芝居だった」と肩を叩《たた》かれたとき、海里は自分でも驚くほど心が満たされるのを感じた。

それと同時に、もっと演じたい、もっと長く舞台に立ちたいという激しい渇望もわき上がり、それは今も、彼の心を内側からジワジワと炙《あぶ》り続けている。

今、テレビ画面の中にササクラの姿を見て、海里の心は、再びザワッとした。

四ヶ月前の舞台の興奮が、突然、大波のように胸に押し寄せてきたのである。

そんな海里の心境など知らず、夏神は「あれ、誰や？」と首を捻《ひね》る。

ロイドはカウンターから身を乗り出し、夏神に説明を試みた。

「ササクラサケル様です。先日の李英様と海里様がご活躍だった舞台を……その、創った方でございますよ」

「創った？」

たまらず、海里が横から口を出す。

「演出家兼主演だよ。ササクラさんの大切な仲間が遺《のこ》した、未完の脚本を舞台化したんだ。話したじゃん？」

「ああ、それでなんや聞いたことのある名前やったんやな。ササクラサケル。けったいな名前やな。サカムケサケルやったら、何とのうわかるけど」

絶妙なタイミングで、画面の中の司会者も、ササクラに芸名の由来を訊《たず》ねる。

ラフなシャツと細身のジーンズ、それにブーツといった姿のササクラは、勧められた大きな椅子にどっかと腰を下ろし、長い脚を綺麗《きれい》に組んで、気障《きざ》な口調で答えた。

なんでも、一風変わったその芸名は、尊敬する先輩俳優が、酒の席で戯れにつけてくれたものらしい。

先輩への敬意と共に、音の響きが気に入ったこともあり、彼はずっとそれを使い続けているのだそうだ。

（ササクラさん、オフでもオンでも態度が変わらない人だな）

感心して、海里は画面を見つめた。

堂々としていて、誰にも媚《こ》びず、一見尊大で鼻持ちならない気障な男に見えるが、質問には実に気さくに丁寧に答える。普段は厳しい顔つきをしているのに、笑うと途端に人懐っこくなり、どこか男の色気を見る者に感じさせるのも、チャームポイントの一つに違いない。

司会者のいささか下品な……それこそ、「奥さん以外にもアレでしょ、色々モテまくってるんでしょ？」といった質問にも、ササクラは、少しも動じなかった。

「モテるのは役者の仕事の内だから、仕方ない。でも、モテるからって簡単に飛びついちゃうのは、すげー格好悪いよね。そういう奴は、あっという間にモテなくなるよ。俺、ずっとモテてるから……そういうことでしょ」と、実にスマートに笑顔で応じる彼に、ロイドはパチパチと熱烈な拍手を送る。

「はー、さすがやな」

「さすがだよなあ」

尊敬する大先輩の見事なあしらいに、今度は海里もどこか誇らしげに相づちを打つ。

トークは実にスムーズに進み、どんなに弄《いじ》ろうとしてもサラリとかわすササクラに焦《じ》れた司会者が、とうとう悔しさいっぱいに、「なんやねん、俺が一方的に格好悪いやないかい！」と地団駄を踏んだところでコーナーは終了した。

夏神は、退場していくササクラの後ろ姿を、腕組みして感心しきりで眺めた。

「賢い人やなあ。なんや、過去のお前の分まで、あのササクラさんっちゅう人が、司会者をやり込めてくれたみたいやないか」

「まことに！　胸が空《す》く思いでございましたよ」

ロイドも嬉《うれ》しそうに同意する。

海里は、少し困り顔で、頭を掻《か》いた。

「まあ、確かにちょっとスカッとしたよな。と同時に、俺のアホさ加減も痛感した。トーク、上手なつもりでド下手だったたな、俺」

「我が主《あるじ》、世の中、上には上がいるのでございますよ？　いたずらに、巧者と御身を比較して、悲観してはなりません」

「いや、それ全然フォローになってねえし」

ロイドの言葉に膨れっ面になった海里だが、コマーシャルが始まった途端、「あああー！」と、画面を指さした。夏神とロイドも、同じような反応をする。

同局の朝の情報番組のＣＭに、作家の淡海五朗が映ったのである。

淡海は地元在住で、深夜、執筆の息抜きにと長い散歩をして、「ばんめし屋」を訪れる。夏神にとっては、まだ客が少なかった開店当時から贔屓《ひいき》にしてくれる、大切な常連客のひとりだ。

海里やロイドともすっかり仲良くなった淡海だが、最近では、小説家というより、「若者に人気の『カワイイ』アイテムに詳しい小説家」として、テレビ番組に出演することが多くなった。

そのせいで、東京暮らしの比率が高くなり、ここしばらくは、店にはご無沙汰《ぶさた》になってしまっている。

そんなわけで、テレビの画面でにこやかに語る淡海の姿が、三人にとってはどこか懐かしい。特に海里は、かつて自分がいたのと似たような場所にいる淡海を、やけに眩《まぶ》しそうに見守っている。

「へえ、淡海先生、明日《あした》の朝の番組にゲスト出演か。早起きアカンのに、えらい頑張りはるなあ」

「ホントだよな」

夏神の素朴な感想に笑って同意していた海里の顔が、次の瞬間、あからさまに強張った。

カメラの視線が下がり、淡海が両手で持っている、一冊のハードカバー本が映ったのである。

真っ白な表紙の左下に、黒く箔押《はくお》しされた、へしゃげたような形の星。

そして、銀色の箔押しで印刷されたタイトルは、『天を仰ぐ』と読めた。

「あのタイトル、あの本だ」

海里の半開きの唇から、絞り出すような声が漏れる。

夏神とロイドは、ハッとして海里の顔を見た。

「あの本て、もしかして、お前をモデルに淡海先生が書きはった小説のことか？」

海里は、ゆっくりと頷《うなず》く。

「そう。なんだ、もう完成して本になってたのか。……完成したら、真っ先に俺に読ませてくれるって約束したのに」

「おや、では海里様は、まだお読みになっていないので？」

「読んでねえ。いや、半分近くは読ませてもらったけど、オチは知らねえぞ」

海里の声には、軽い憤りと戸惑い、そして約束を破られた失望が滲《にじ》んでいる。

夏神は困り顔で、それでも淡海を軽く庇《かば》おうとした。

「まあ、色々契約があるん違うか？　本になるまで他人に見せたらアカンとか、そういう……俺は知らんけど」

「あるかもしれないけど、モデルにくらい、こっそり先に全部読ませたってバチは当たらないだろ！　見本だって、発売前にくれるって言ってたのに！」

むくれる海里のことなどおかまいなしに、画面では、淡海と対談する若い女性アナウンサーが、新作に言及する様子がチラリと映った。

どうやら明日の番組内で、淡海が、待望の「新作」について真っ先に語るらしい。

ＣＭはあっと言う間に終わり、また番組が再開される。

「その……少々、がっかりなことでございましたね」

ロイドは口ごもりながら、チャンネルを変えた。今度は、本来見るつもりだった刑事ドラマが映る。

だが、夏神も海里も、チャンネルを変えたロイドですらも、もはや画面を見てはいなかった。

「なんかちょっと裏切られた気分」

ぽつりと呟《つぶや》き、海里は大根の葉を両手でギュッと絞り、水分を切る。いささか手に力がこもりすぎているのを、夏神は苦笑いで注意した。

「こら、カスカスになってしまうやないか。青菜に八つ当たりすな」

「八つ当たりなんかしてねーし！　でも憤慨はしてるし！」

「ええから、絞るんはそのくらいにしとけや」

夏神は、大根を煮る鍋《なべ》を奥のコンロに移し、とろ火に調節すると、パンと大きな手のひらを打ち合わせた。

「ま、順番が後先になることもあるやろ。淡海先生は、そない不義理な人やない。俺らはよう知っとるやないか」

「ええ、そうでございますとも。きっと何か、ご事情がおありなのですよ」

ロイドも、熱心に取りなす。

そもそも、海里がロイドを見つけたのは、彼が淡海の自宅に夜食を出前したからに他ならない。ロイドとしては、淡海は第二の命の恩人のようなものなのだ。

「そりゃ……そうかもだけど。テレビとか、けっこう段取りがルーズだしな」

芸能界を知っている海里だけに、徐々に憤りの声も弱々しくなる。夏神は、そんな海里の背中をバンと強めに叩《たた》いた。

「ええから。明日の朝の番組、店を閉めてから三人で見ようや。それで納得いかんことがあったら、先生に連絡してみたらええやろ」

「……そうだな。うん、そうする」

まだわだかまりはある様子だが、海里は素直に頷く。

夏神は、「よっしゃ」と明るい声で海里に訊《たず》ねた。

「ほな、仕込みもあとは味噌《みそ》だれだけやし、そろそろまかないを食うてしまおうや。傷心のイガのために、今日は俺が出血大サービスで、好きなもん作ったる。何がええ？」

「えっ、マジで？」

たちまち、海里は元気づき、ほんの五秒ほど考えただけで勢いよく答えた。

「あんかけ焼きそば！」

意外なリクエストに、夏神はギョロ目を見開く。拍子抜けしたらしく、ガッチリした肩が、少し下がった。

「なんや、そないなもんでええんか？」

海里は、きっぱり答える。

「いい！　あの麺《めん》のパリパリ具合と、材料が少ないのに妙に旨《うま》いとこ、すげえいい」

「さよか。ロイドもそれでええか？」

「わたしも大好物でございます。……いえ、とろとろのあんが冷えるまで食せないのは、たいそう切ないのでございますが、ふやけた麺もまたよろし、でございますよ」

「お、おう。ほな、そうしよか。確か、焼きそばしよう言うて、中華麺買ってあったやろ。あと、小松菜と、茸《きのこ》的なもんを何か」

「了解！　茸的なもんをなんか探す！」

すっかりいつもの調子を取り戻し、海里は冷蔵庫に駆け寄った。おそらくは、夏神やロイドに気を遣い、空元気を振り絞っているのだろうが、それでも海里が陽気になると、その場の雰囲気もパッと明るくなる。

夏神は、ひとまずホッとしてロイドを見た。眼鏡の付喪神《つくもがみ》もまた、ニットベストの胸を片手で撫《な》で下ろすアクションをして、くたびれた笑みを夏神に送る。

それはまだ、これから雪崩のように押し寄せる「気疲れ」の序章に過ぎないことを、三人はまだ知らずにいた。

「すいませーん、あっついお茶くださーい」

客席から飛んできた女性の声に、海里は「ただいま！」とすぐに応じた。実際に、魔法瓶とトレイを手にカウンターを飛び出したのは、ロイドである。

少し前に魔法瓶に作ってあったほうじ茶を注意深く三人いる客の湯呑《ゆの》みに注ぎ、食べ終わった後の食器を手際よくトレイに回収する。

すっかり板についた給仕ぶりに、たまにやってくる三人の中年女性客は、うっとりした顔でロイドを見た。

「ロイドさんは日本語が上手やし、オシャレやし、イケオジやし、ええわねえ」

カウンターの中に戻ったロイドは、不思議そうに小首を傾げる。

「過分なお褒めをいただき、恐縮です。しかし、いけおじ、というのはいったい？」

「いけてるオヤジのことだよ」

シンクにたまった食器を静かに洗いながら、海里が小声で教える。ロイドは、実に微妙な表情になった。

「オヤジ、でございますか？　わたしが？」

「他の何だっつーの」

「めが……」

「うるせえ。オヤジでいいの」

自分の正体をカジュアルに口にしてしまいかけたロイドを乱暴に遮り、海里は女性客たちに声を掛けた。

「ロイド目当てで通ってくださってるんですか？」

するとと三人は顔を見合わせ、楽しそうに笑って口々に答えた。

「何言うてんの。勿論《もちろん》、マスターの料理が本命やよ」

「そこに、五十嵐君っちゅうイケメンがおって……」

「さらにロイドさんっちゅうイケオジがいてはったら、口も目も心も満たされるやないの」

そやそやと互いに同意し合って、三人ともニコニコしている。

「そらどうも。せやけど、俺の顔が含まれてへんみたいなんですけど」

無骨な夏神が真顔で繰り出す冗談に、女性客はいっそう笑い声を高くした。

（夏神さん、たまにかますのが美味《おい》しいよなあ……。そのポジション、狙いたいけど、俺には向いてねえんだよな。すぐ笑っちゃうし、すぐ喋《しゃべ》っちゃうから）

海里がそんなことを思っていると、エプロンのポケットの中で、スマートフォンがごく短い時間、振動した。

（メールかな）

海里は客に背を向け、エプロンの裾《すそ》で手を拭《ふ》いてから、スマートフォンを取りだした。

そして、あやうく驚きの声を漏らしそうになり、慌てて口を閉じる。

液晶画面に表示されていたのは、さっき問題になったばかりの淡海五朗からのＬＩＮＥメッセージだった。

『ご無沙汰《ぶさた》してごめんね。皆さん元気だといいんだけど。ところで、お知らせがあります。君がモデルになってくれたあの小説、書き上がって、今月末に発売になります。ちょっとしたクリスマスプレゼントだね』

（もう知ってるっつの。いや、発売時期は今知ったけど）

また、さっきの憤りがむくむく甦《よみがえ》るのを感じつつ、海里はわざと慇懃《いんぎん》無礼な返信をした。

「お世話になっております。こちらは相変わらずです。小説の完成と発売、おめでとうございます」

定食屋の従業員が常連客に送るメッセージとしては、適切な礼儀正しさである。それでも淡海は、作家特有の敏感さで、海里の怒りを感じとったらしい。

少し間を空けて、またメッセージが送られてきた。

『もしかして、明日《あした》の朝の番組のお知らせを、見てしまっただろうか。それとも、ネットで情報を？　さっき第一報が流れたばかりなんだけど』

海里は、芸能人時代に培った素速いフリック入力で、返事を打ち込む。イライラしているせいで何度か打ち損じたが、それでも十分に速い。

「さっき、テレビで見ました。俺、てっきり事前に読ませてもらえるとばかり。いや、発売日はまだ先みたいですけど……」

今度は、淡海の返事も凄《すさ》まじく速かった。ほとんど、即答である。

『ごめん！　本当にごめんね！』

『そう約束したのに、守らなくてごめん。本当は、少なくともゲラの段階で君に読んでもらおうと思っていたんだ。でも、やっぱり完全体の、本の姿で渡したいと思って』

「ハァ？」

我慢出来ず、海里はつい呟《つぶや》き声を発してしまう。

客たちと楽しく喋りながら、夏神はそんな海里をチラチラと見ていた。

それにも気付かず、海里は険しい顔で返信する。

「それって、俺が内容にNGを出すかもしれないからですか？　どうにもならなくなってから見せることにした？」

『いや！』

その一言は凄まじく速かったが、そこからは、どう説明したものか悩んでいるのだろう。淡海のメッセージは、途切れ途切れに打ち込まれた。

『決してそうじゃない』

『これは僕の名前で出す小説だから、内容については僕が全責任を負わなきゃいけない』

『僕の、作品なんだ。君との共著じゃない』

『だから、最初から、君の意見や感想を聞くことはあっても、それにおもねって内容を変えるつもりはなかった。悪いけど』

「そこは、別に悪くはないっす」

慇懃無礼を通すのをすっかり忘れて、海里はいつもの調子で返事をする。ただ、言葉選びは極めて無愛想だ。

『だからこそ、推敲《すいこう》を重ね、校正を重ねて、自信を持って送り出せる本の形になったところで、君に読んでほしいと思った。今もそう思っている』

『でも、それを事前にちゃんと説明しなかったことは、僕が百パーセント悪い。本当に申し訳ない』

年長者にこんな風に何度も謝らせて、無視というのはあまりに大人げない。とはいえ、「わかりました」と言うのも本心に背いている気がする。

そこで海里は、プンプン憤慨しているキャラクターのスタンプを送った。そのキャラクターは、ミュージカルで海里がかつて演じた人物、つまり気持ちの上では、海里自身のようなものだ。

『本当にごめん。まだ許してくれるなら、きちんと本を君のところに持参して、謹呈したい。読んでもらいたい。だから、見本が僕のところに来るまで、もう少しだけ待ってくれるかい？』

海里は首を傾げながら、返信を短く打ち込んだ。

「だけど先生、さっきCMのとき、もう本を持ってたじゃないですか」

すると、大汗を掻《か》いている犬のスタンプの後、こんなメッセージが送られてきた。

『あれはね、モック』

「モック？」

『モックアップ。つまり、原寸大の模型だよ。中が真っ白な本に、表紙データの試し刷りをちょきちょき切って、巻いただけ』

「そうだったんだ！」

『そう。だから、見本はまだ手元にない。ただ、発売日までのカウントダウン企画が明日から始まるものだから、明日の朝の情報番組に出て、宣伝しなきゃいけないんだ』

「へえ……」

『まあ、朝の番組の他愛なさは君も知ってるでしょ。大したことは言わないけど、時間があったら見てやってよ』

「わかりました」

海里のメッセージは相変わらず素っ気ないが、彼自身は、画面の中で見た本が模型だったと知って、かなり平常心に戻ってきている。

それを文字から感じたのだろう、淡海のメッセージも、いつものののんびりした調子に変化してきた。

『じゃあ、僕はこれから雑誌の対談があるから、これで失礼するね。マスターとロイドさんによろしく』

「はい。頑張ってください。本、待ってます」

『楽しみに待ってて！』

そんな一言と、手を振る犬のスタンプを残して、淡海は会話を打ち切った。

どうやらLINEでは、その犬を自分の身代わりに使っているらしい。

「……なんだ。モックか」

「どないした？」

夏神が、身を寄せて小声で訊《たず》ねてくる。「ううん」と首を横に振り、海里はスマートフォンをポケットに突っ込んだ。

大いに食後のお喋りを楽しんだ女性客たちが去った後、店には静かなひとときが訪れた。

時刻は午後九時過ぎ。

いわゆる一般的な夕食時に夕食を食べようとする客と、もっと遅い時刻に夜食を楽しもうとする客。二つの客層のエアポケットのようにしばしばできる、短い空白時間である。

「さて、小休止やな」

夏神はそう言うと、スツールを引き出してどっかと腰を下ろし、ジーンズのポケットから、短い棒付きのまん丸いキャンディを取り出した。

フィルムをペリペリと剝《は》がし、出てきたクリーム色のキャンディを口に含む。

かつて喫煙者だった夏神は、禁煙に成功してもうずいぶん経つのだが、それでも時々、口が寂しくなるらしい。飴《あめ》は、彼にとっては休憩時のカロリー補給と共に、物足りなさを埋める役割も果たしているのだ。

「お疲れ！」

海里は、やかんに水をたっぷり入れて火にかけ、夏神を労《いたわ》った。

さっきの女性客たちが、ほうじ茶を綺麗《きれい》に飲み干していったので、新しく作っておかねばならない。

「本当に、お疲れ様でございます。唐揚げの日は、やはりお客様が多うございますね」

さっき海里が洗った食器を丁寧に拭《ふ》きながら、ロイドはニコニコしてそう言った。

夏神や海里は勿論《もちろん》、眼鏡のロイドもまた、店が大入り満員だと嬉《うれ》しくてたまらない様子だ。

「お前の唐揚げの味付け、えらい好評やないか、イガ。腕上げたな」

飴をくわえたままの夏神に褒められ、海里は照れて両手を振った。

「ないない。唐揚げの下味なんて、誰がつけてもあんな感じだろ？　むしろ、粉の付け方と揚げ方が命なんじゃん。つまり、腕上がりきってんのは、夏神さんのほう」

「お、今日はえらい謙虚やないか」

「俺はいつだって謙虚です〜。あと、あの、さっきの話」

海里がもじもじと切り出したことに、夏神とロイドは素速く反応する。

「先だってのメッセージぴこぴこは、もしや淡海先生とのやり取りでは？」

ロイドの鋭い推理に、海里はちょっと迷惑そうに頷《うなず》いた。

「そうだよ。なんか、俺にはちゃんと本の形でプレゼントしてくれたかったんだって。そんで、テレビで持ってた奴はただの見本で、中は真っ白なんだって」

「なんと！」

「なんや。ほな、大人しゅう待っとったら、先生からサイン本が貰《もら》えるわけやな？」

「サイン本かどうかはわかんないけど、まあ、入ってなかったら当然、ねだるよな」

海里は曖昧《あいまい》に頷きつつ、話を続けようとした。

「でさ、明日《あした》の朝の番組で、その新作の宣伝を」

ガララ……。

引き戸が妙に歯切れ悪く開く音に、海里は反射的に口を噤《つぐ》む。夏神も、流れるように手近な小皿に飴を置き、立ち上がった。

「ようこそいらっしゃいませ！　おや」

ロイドは布巾《ふきん》を置き、いつものように丁寧かつ明るい挨拶《あいさつ》をしてから、小首を傾げた。

おずおずと店に入ってきたのは、ひとりの少女だった。

しかも、見るからに幼い。

小学校高学年か、高く見積もっても中学一、二年生といった雰囲気だ。

最近の子供は発育がいいので、夏神にも海里にも、正確に年齢を推定することが出来かねたが、とにかくこんな時刻に、定食屋にひとりで訪れるような年齢でないことは確かだ。

「親御さんとご一緒ですか?」

カウンターからいそいそ出たロイドは、自分より少し背の低い少女のために、軽く身を屈《かが》めて、にこやかに問いかけた。

「ううん」

少女は、小さく首を横に振る。

やや長めのマッシュルームカットが、卵形の顔によく似合っている。繊細そうな顔立ちだが、猫のような目、それにつんと尖《とが》り気味の唇と細い顎《あご》が、気の強そうな雰囲気を醸し出している。

まだ子供らしいほっそりした身体を、少女は白いロングスリーブのシャツと黒いショートパンツに包み、オーバーサイズのモッズコートを着込んでいた。

足元はソックスにアンクルブーツなので、やけに長くてすらりとした脚はむき出しだ。

寒くないのかと思わず訊ねかけて、海里は慌てて言葉を飲み込んだ。

(やべえ。そんなこと訊《き》いたら、オッサンの入り口に立ったみたいじゃねえか)

焦りつつ、啞然《あぜん》としている夏神に代わって、海里はカウンターの中から少女に声を掛けた。

「もしかして、ひとり?」

少女は人差し指を立ててみせた。

「ひとり。ここで、いいですか？」

立てた指を寝かせて示したのは、カウンター席だ。

そこでようやく、夏神は自分の正面の席を指さし、どうにか口を開いた。

「ひとまず、こっちの席に座り。入り口近くは、冷気が背中に当たって寒いからな」

少女は少しホッとしたように頬を緩めると、背負っていた細長いバッグをカウンター席に置き、コートを脱いで背もたれに掛けた。

それから、隣の椅子を引いて、ちょこんと座る。

「イガ、お茶」

夏神に促され、海里は「ただいま」と、慌てて急須《きゅうす》に茶葉を掬《すく》い入れた。魔法瓶に作りおくのは後回しにして、まずは目の前の少女のために、湯呑《ゆの》み一杯分のほうじ茶を淹《い》れる。

「どうぞ。寒かったでしょ」

そう言いながら、海里はカウンター越しに手を伸ばし、少女の前に湯呑みを置いた。

「凄《すご》い寒かった」

そう言いながら、少女は両手を擦《こす》り合わせる。驚くほど指の形の綺麗な手は、指先が真っ赤になっていた。

「手袋をお忘れになったのですか。お気の毒に。湯呑みをこう、両手で持つと、温かいですよ。わたしは熱すぎて、できないのですけれど」

少女の横に来てそんなことを笑顔で言うロイドに、少女はいたく興味をそそられた様子で、目をパチクリさせた。

「すっごい、日本語、上手。学校の、アメリカ人の英語の先生より、全然上手」

「おや、学校で英語の授業が？」

「小学校の頃からあった」

「ということは、今は、中学生？」

さぐるように問いかけた海里に、少女はガサガサとバッグを開いて中を探ると、一枚の折り畳んだ紙片を取り出した。

「説明するんダルいから、これ」

「怠《だる》いって……」

いきなりのネガティブ発言に若干気分を害しつつも、海里は紙片を受け取り、開いてみた。

素速く目を通した彼は、それを夏神に差し出す。

「これ」

「あ？」

受け取った夏神は、そこに流麗な万年筆の筆跡でしたためられた手紙に、思わず唸《うな》った。

そこには、こう綴《つづ》られていたのである。

「お世話になります。どうか、娘に美味《おい》しい料理を食べさせてやってください。お代は念のため、千五百円、渡してあります。その範囲で、可能でしたら千円くらいでお願いできましたら幸いです。母の私が、夜に仕事を持っておりまして、娘にしばらく夕食を作ってやることができません。娘は中学一年生ですが、ひとりで行儀良く食事ができます。ご安心ください。万が一、ご迷惑をおかけした場合には、こちらにご連絡をお願い致します」

手紙の末尾には、差し出し人の女性のフルネームと、携帯電話の番号が記されていた。

海里は、ロイドに勧められたように、冷えた両手で湯呑みを包み込んで温めている少女に訊《たず》ねた。

「これ、お母さんからの手紙だよな？　これ持って、毎晩、晩飯食べ歩いてんの？」

「そう。コンビニとかミスドとか、マクドとかも行くけど」

「あー、なるほど。そりゃ大変だ。ようこそいらっしゃいませ」

「いらっしゃいましたって言うん……？」

海里の気取った歓迎の文句に、少女は困惑気味に応じる。いかにも子供らしい反応に、海里は持ち前の明るい笑顔になった。

「言っていいぞ、お客さんだもん。ところで、今夜は唐揚げなんだけど」

「知っとう。外で見た」

「唐揚げ、好き？」

「めっちゃ好き」

海里に釣られて、少女の顔に、ようやくリラックスした笑みが浮かんだ。

夏神も、母親からの手紙で合点がいったのだろう。いかつい顔をほころばせ、少女に手紙を返してから、揚げ物鍋《なべ》を火にかける。

「よっしゃ。ほな、とびきり旨《うま》い唐揚げを揚げたろ」

「お願いします」

少女はペコリと頭を下げる。タメ口と敬語がゴチャゴチャに出るあたりが、いかにも中学一年生らしい。

「わたしはロイドと申しますが、可愛いお嬢さんのお名前を伺ってもよろしゅうございますか？」

少女のためにおしぼりを出してやりながら、ロイドは堂々とそんな質問をする。

そのあっけらかんとした態度と、先にみずから名乗ったこと、それにいかにも善良そうな容貌《ようぼう》に安心したのか、少女も実にあっさりと自分の名前を口にした。

「安原《やすはら》カンナ。カンナはカタカナのカンナ。お花から」

「おお、あの赤い情熱の花ですな」

ロイドはポンと手を打つ。そういう反応は珍しいのか、少女……カンナは、小鳥のように首を傾げた。

「情熱の花なん？　ですか？」

どうも、ロイドを年齢的には敬語を使うべき相手だと認識しつつも、その子供のように開けっぴろげな態度に、つい友達感覚で話をしたくなるのだろう。語尾で混乱を素直に示すカンナに、海里は助け船を出した。

「俺とかロイドには、タメ口でいいよ。飯食うのに、緊張してたらつまんねえだろ」

「いいの？　だって、お爺《じい》ちゃんなのに」

カンナの発言には悪意は皆無だし、実際、彼女にとっては、ロイドの見た目年齢は、祖父世代に見えてもまったく不思議はない。

だが、「お爺ちゃん」と呼ばれたのは初めてのロイドは、全身で衝撃を表現しつつ、大仰に後ずさった。

「お、お、おじい、ちゃん」

「お爺さん、のほうがよかった？」

「いやいやいや、どっちも同じ。ほら、現実見ろよ、ロイド」

人の悪い口調でからかう海里を恨めしげに見て、ロイドはシュンと肩を落とす。

「現実とは、厳しいものでございますなあ」

そんな二人のやり取りに、カンナは困惑気味に夏神を見る。

「お爺ちゃん、あかんかったですか？」

「俺にもタメ口でええよ。あとまあ、できたらロイドて呼んだって」

「はーい」

良い返事をして、カンナは腰を浮かせ、油の温度を菜箸《さいばし》の先で確かめている夏神の手元を見た。夏神は、目尻《めじり》に笑い皺《じわ》を寄せる。

「料理、好きか？」

「やったことない。ママ、ひとりのときに包丁とか火ぃとか使ったらアカンて言うから。危ないて」

「心配性やなあ。ほな、見るだけ見とき。いつか役に立つこともあるやろ」

そう言いながら、夏神は、片栗粉と小麦粉を合わせたものをまぶしつけた鶏肉《とり》を、次々と油に入れていく。

そんな二人を見守りつつ、海里はカンナに声を掛けた。

「でも、よくこの店、知ってたよな。子供は滅多に来ないんだけど」

するとカンナは、急に真顔になって、きちんと座り直した。

「学校で、噂を聞いたん。友達のお父さんの友達が、ここのこと言うてたって」

海里は思わず噴き出す。

「そりゃずいぶん遠いな。何て？」

だが、それに対するカンナの返答に、海里だけでなく、夏神とロイドもギョッとさせられることになる。カンナは、ハッキリした声でこう言った。

「この店に来たら、幽霊に会えるって。それホンマやったら、私、会いたい人がおるんやけど」

店内には突如、緊張感をはらんだ沈黙が訪れた。

発言をした当人のカンナは、じっと夏神たちの反応を窺《うかが》っているし、夏神と海里は意表を突かれて絶句している。

ただロイドだけが、いつもと同じ笑顔で、ただ賢明にも余計なことは言わず、口をムズムズさせているだけだ。おそらく、海里の牽制《けんせい》の視線に気付いたからだろう。

夏神が、箸を持った手を動かして唐揚げを引っ繰り返すばかりなので、海里はやむを得ず、自分から口火を切った。

「学校で、そんな噂が広がってんの？」

するとカンナは、「別に広がってへんよ」とこの上なくあっさり否定した。

「広がってないんかーい」

夏神は思わず、柄にもないツッコミを入れる。カンナは、どうでもよさそうにぶっきらぼうな調子で説明した。

「たまにあるやん。学校の休み時間、友達同士で話題が尽きたとき、怖い話が唐突に始まったりする奴」

「あるやんて言われても、そういうんは修学旅行かキャンプだけの……なあ、イガ」

夏神は、最高のタイミングで唐揚げを油から引き上げつつ、海里に同意を求める。海里も、いたずらに視線を彷徨《さまよ》わせていたが、ふと気付いてこう言った。

「俺もそんな感じだけど……あ、もしかして、女子校？」

カンナは頷《うなず》く。

「あー、やっぱ。怪談が好きな女の子って、意外と多いよな。怖いって言いながら、何故か聞きたがるし、話したがるんだ。男はガチで怖いし、聞きたくねえけど」

「そうなん？」

「や、全員がそうじゃなくても、なんかそういう傾向がある気がする。とにかく、友達の誰かが、うちの店のことを怪談として話したんだ？　幽霊が出る店って？」

カンナは、コックリ頷いた。

「なんか、もともと霊感のある人やってんて。その人がこのお店でご飯食べてたら、隣に、脚はあるけど半透明の幽霊が座って、羨《うらや》ましそう〜に見てたって話。生唾《なまつば》飲むみたいにゴクッと喉《のど》が動いて、めっちゃ怖かったって話を聞いてん」

「霊感のある人だったんだ？　その、友達のお父さんだっけ、が？」

「うん」

「あれ、違った？」

「ええと……友達の、お父さんの、友達の、奥さんの同僚？」

海里と夏神は、揃って盛大に脱力する。

「滅茶苦茶《めちゃ》遠いやないかい！」

たまらず再びのツッコミを繰り出しつつ、夏神は大ぶりの唐揚げを三つ、しっかり油を切ってから皿に盛りつけ、カウンター越しにカンナの前に置いた。

気を取り直した海里が、ご飯と味噌《みそ》汁、それに本日の小鉢のふろふき大根をよそい、ロイドがすぐさまカンナのもとに運ぶ。

カンナはどこか大人びた、真面目くさった面持ちで、夏神と海里の顔を見比べた。

「確かに、知らん人の話やけど……嘘なん？」

夏神はニッと笑って、店内を見回した。

「今、自分の目ぇで確かめたらええやろ。幽霊、おるか？」

促され、カンナは振り返って店内をじっくり眺め始める。

その隙に、海里は夏神を見た。夏神は、ムスッとした顔で顎《あご》をしゃくってみせる。

どうやら夏神は、「幽霊などいない」という方向性で話をするつもりらしい。

(そりゃそうだよな。別にうち、幽霊が出るで売ってる店じゃねえし)

夏神の気持ちを察しつつ、海里は相変わらず何か言いたそうなロイドに釘《くぎ》を刺すべく、明るい声を張り上げた。

「俺にも見えないな。ロイド、お前は？　なんか人じゃない奴が見えちゃったりするわけ？」

「見え……いえ、見えは致しませんが」

正直なロイドも、そんな風に問われれば、「見えない」と答えるより他にない。

「だろ～。そういうことだよな」

畳みかけるように海里がそう言うと、カンナは正面に向き直り、あからさまに落胆した様子で溜《た》め息《いき》をついた。

「幽霊、いてへん。なんや……。あの話、嘘やったんや」

「えらいガッカリしよんな」

夏神は、苦笑いと心配が半々の表情で、カンナの顔を覗《のぞ》き込んだ。

「幽霊、見たかったんか？　ホラー好きか？」

するとカンナは、ムキになって言い返した。

「そんなん違うし！　ホラーなんか、全然好きと違う」

「せやけど、幽霊が見れると思うて、ここに来たんやろ？」

夏神はなおも問いを重ね、カンナはむくれ顔のままで声のトーンを一段上げた。

「見れるとか、そんなんと違って！　私は」

「ん？」

だが、カンナは口から飛び出しかけた言葉をぐっと飲み込み、沈んだ様子で項垂《うなだ》れた。

「何でもない。もうええし」

「……あ、えっと、やな」

予想外の落ち込みように、夏神は困り果て、救いを求めるように海里を見る。大人の客との会話術にはそこそこ長《た》けた夏神でも、子供の相手は不慣れであるらしい。

仕方なく、海里はカンナを慰めるように声を掛けた。

「とにかくさ、まずは飯を食ってよ。うちの飯、すっげー旨《うま》いから。幽霊がいなくてガッカリした分を取り戻しておつりが来るくらい、マジで旨いから」

「……ん」

酷《ひど》く落胆していても、食事に来て、出されたものに手を付けないわけにはいかないと思ったのだろう。カンナは俯《うつむ》いたまま、それでも素直に箸《はし》を取った。

海里は、さらに情報を追加する。

「特に、今日の唐揚げはお薦めだよ！　何つっても、俺プロデュースだし！」

さっきの謙虚な発言はどこへやら、海里は誇らしげに胸を張ってみせる。カンナは、ようやく顔を上げ、海里を見た。

「プロデュースって？」

「下味をつけたのは、俺ってこと！　衣を着けて、揚げてくれたのは、こちらにおわすマスター」

「ほとんど、マスタープロデュースやん……」

元気がないくせにしっかり突っ込んで、カンナは海里の期待の眼差《まなざ》しに答えるように、箸で大きな唐揚げをどうにか挟んで持ち上げ、勢いよく齧《かじ》り付いた。

香ばしい衣がカリッと軽やかな音を立てて砕け、細かい破片が皿に落ちる。それと同時に勢いよく飛び出してきた肉汁に、カンナは慌ててお手拭《てふ》きで口元を拭《ぬぐ》った。

もぐもぐと咀嚼《そしゃく》して飲み込んでから、彼女は感嘆の声を上げた。

「美味《おい》しい！　めっちゃ美味しい！　カンナ史上、最高の唐揚げ！」

その素朴な賛辞に、海里の顔も輝いた。

「マジか！　相当に短い歴史だけど、それでも最高って嬉《うれ》しいな。な、夏神さん」

「お、おう」

夏神もこくこくと頷き、大根を指さした。

「ふろふきは、完全に俺プロデュースやで」

「じゃあ、それも食べる」

カンナは齧りかけの唐揚げを皿に戻し、ふろふき大根に箸を付けた。

とろ火で柔らかく炊き上げた輪切りの大根は、昆布のおかげで仄《ほの》かな象牙《ぞうげ》色に煮上がり、鶏《とり》の挽肉《ひきにく》を混ぜ込んだ赤味噌のとろりとしたタレが絡んで、いかにも旨そうだ。

「やらか！　力入れんでも、お箸で切れる」

「ふろふきっちゅうんは、そういうもんや。熱いから、気ぃつけや」

「うん」

カンナは小さく切り取った大根を慎重に吹き冷まし、口に入れた。それでもまだ熱かったのか、ほふっと口から湯気を吐き出しながら、ゆっくりと味わう。

「こっちもめっちゃ美味しい！　この肉味噌、ご飯にかけたい」

夏神は、嬉しそうに破顔した。

「ええで。今日の飯には菜っ葉が載せてあるから、上だけ先に食うてしもたらええ。大根食うた後の肉味噌を飯に掛けたら、ちょうどええっちゅうか、最高やろ」

「考えただけで、サイコー」

そう言った後、カンナの箸は止まらなくなった。

さすが食べ盛り、ほっそりした身体に似合わぬ、豪快な食べっぷりだ。まさに、「ガツガツ」という副詞がピッタリである。

口もきかずに、凄《すご》いスピードで料理を平らげていく少女を、夏神と海里は胸を撫《な》で下ろす思いで見守った。

ロイドも、ニコニコしてご飯と味噌汁のお代わりを勧めたり、お茶を注いでやったりと世話を焼く。

無論、カンナには、幽霊が見られなかった代わりに、すぐ傍に付喪神《つくもがみ》が控えているなどということは知る由もない。

結局、彼女は勧められるままにご飯と味噌汁を一回ずつお代わりして、出されたものをすべてペロリと平らげた。しかも、どことなく物足りなそうだ。

思春期の少女の食欲に舌を巻きつつ、夏神は「まだ入りそうか？」とカンナに問いかけた。

「楽勝でいける」

カンナも、すっかりリラックスした様子で即答した。

客が美味しそうにたくさん食べてくれるのは、定食屋の主《あるじ》にはいちばん嬉しいことだ。

夏神は、いかつい顔をついぞ見ないほど大規模にほころばせた。

「頼もしいな。ほな、甘いもんでも出したろか」

それを聞いて、海里は慌てた様子で夏神に駆け寄り、耳打ちした。

「今日はサービスのデザート、作ってないじゃん。買い置きのお菓子でも出すつもり？」

だが夏神は、当たり前のようにこう言った。

「ないんやったら、作ったらええやろ。俺が作る」

海里は、カウンターを挟んで、ロイドと顔を見合わせた。

これまでも、食材が安く手に入ったとき、イレギュラーのサービスとしてデザートを小さなポーションで客に振る舞うことは何度もあったが、それはいつも、海里の担当だった。

かつて、朝の情報番組の料理コーナーを担当していた彼は、簡単で見栄えのするスイーツを何種類か、フードコーディネーターやシェフから教えてもらった。

その経験を生かして、デザート係を引き受けてきたのである。

夏神とて洋食屋で働いていたので、それなりに洋風デザートは作れるのだが、こんな風に、客に出すデザートをみずから作ると申し出たのは、初めてのことだった。

「夏神さんが作るの？」

「俺かて、たまにはな。……ちゅうか、まあ、さっき、アレや」

実に曖昧《あいまい》な言い方だったが、海里はすぐに、夏神の意図を察した。

さっき、いささか不用意な物言いでカンナの気持ちを害してしまったらしいので、そのお詫《わ》びがしたいのだろう。

「はー、なるほど。ほんじゃ、任せちゃうかな」

「夏神様のデザートとは、楽しみでございますねえ」

自分のためのものではないのに、ロイドは早くもワクワクを隠せずにいる。夏神は、三人のやり取りを聞いているカンナに訊《たず》ねた。

「甘いもん、食うか？　まだ時間、あんねやろ？」

「食べる！　時間なんて、なんぼでもあるわ。帰ったって誰もいてへんし」

気持ちがいいほどの即答である。

「よっしゃ」

夏神はさっそく手を洗い始めたが、海里はふと浮かんだ疑問を口にしてみた。

「あれ、だけど宿題とかしなくていいの？」

すると、カンナはむしろ怪訝《けげん》そうに答えた。

「あれへんよ、そんなん」

「マジで？　最近の中学校って、宿題出ねえの？」

「滅多に。宿題なんて言葉、久しぶりに聞いたわ」

「へええ。知らない間に、優しい世界になってんだな」

「だって、勉強する子はみんな、塾行くから忙しいもん。塾行ってへん子は勉強せえへんねんから、宿題出すだけ無駄違う？　無駄っていうか、塾行く派には迷惑？」

「うあ、むしろ厳しい世界になってた！　俺とかガンガン置いていかれる奴じゃん」

海里が頭を抱えている間にも、ロイドはカンナが食べ終えた食器を片付け、夏神はさっそくデザートの準備にかかっている。

海里は、興味津々で夏神に訊ねた。

「つか夏神さん、何作るの？　プリンか何か？」

「いや、もそっと食べ盛り仕様な奴や」

そう言うと夏神は、片手鍋《なべ》に水を張り、火にかけた。それから細めのサツマイモを二本出してきて、綺麗《きれい》に洗うと、皮をわざと少し残して剥《む》き、二口くらいの細長いサイズに切り分けた。

切った芋は、水にさらすことなく、そのまま鍋に投入される。

「あっ、もしかしてスイートポテト？」

「そない面倒くさいもん、即席にはよう作らん」

苦笑いしつつ、夏神は再び、揚げ物鍋を火にかけた。それから、調味料置き場のほうへ足を向ける。

海里は小首を傾げながら、コンロ前に立った。

「芋、どうすりゃいい?」

「おう、湯が沸いて二分も経ったら、ざるに空けてくれや」

「そんな短い時間でいいの? 中、まだ生でしょ」

「それでええねん。平ざるに空けて、広げて水気を飛ばしといてくれ」

「りょーかい」

海里は、師匠の指示に従順に従う。カンナも、興味津々で背の高い椅子の上に正座し、海里の手元を上から覗《のぞ》き込んだ。

「おーい、あんまり面白いことすると、椅子が倒れちゃうよ」

「大丈夫。運動神経、悪うないし」

「そんなこと言う奴ほど、怪我するんだって」

少女を窘《たしな》めつつ、海里は言われたとおり、サツマイモをざるに空けた。

「あちち」

指先で転がして広げてやると、熱い芋の表面は、たちまち乾いていく。

「夏神さん、次は?」

「揚げてくれ」

夏神の指示は、簡潔極まりない。しかし、それに慣れっこの海里は、「あいよ」と返事をすると、乾いた芋を次から次へと、特に温度をチェックすることもなく、油の中に放り込んだ。

「お芋の天ぷら？」

カンナは首を傾げる。海里は笑って答えた。

「天ぷらは、衣をつけるだろ。これは素揚げだから、今んところは、フライドサツマイモだな」

「それ、スイーツ違うやん」

「でも、最終的にはスイーツになるんだろ、夏神さん」

「なる」

やはり短く答え、夏神はフライパンを持って、コンロの前に戻ってきた。中くらいのサイズ、しかも深さのあるフライパンの中では、茶色い粉末が低い山を作っている。

「ははー、なるほど」

そこでピンと来た海里は、「確かに食べ盛りのスイーツだな」と笑みを漏らす。

「どれ、何がおできになるのです？」

絶妙な安全距離を保ちつつ、亀のように首を伸ばして作業を見ようとするロイドに、海里は真顔で注意した。

「これから滅茶苦茶《めちゃ》熱いもんを扱うから、いつもの倍、距離を取っとけよ。飛んだらべっちょりくっついて、取れなくなるからな」

「なんと！　それは恐ろしい」

海里の注意が脅しではないと悟り、ロイドは向こうの壁にへばりつく。

「竹串《たけぐし》刺して、柔らこう通るようになったら、上げてくれ」

「揚げ色、あんまりつけないほうがいい？」

「好き好きやけど、あんまり硬う揚げると、食うんが難儀やからな」

「じゃあ、ほどほどにしとく」

そのあたりの判断を海里に任せ、夏神は海里の隣のコンロに火を点《つ》け、フライパンを置いた。すかさず、水道水を計量カップでざっくりはかり、ジャッとフライパンに入れる。

手に菜箸《さいばし》を持ちはしたが、中身を掻《か》き混ぜることはせず、ただフライパンを優しく揺すって、中の粉末を水に溶かしていく。

海里はそれをチラチラ見ながら、揚げ上がった芋から順に、油切りバットに上げていった。

すべての芋が引き上げられる頃には、夏神のフライパンの中身は、ふつふつと静かに泡立ち、粉末はすっかり溶け、少しとろみがつきつつある。

「よっしゃ、全部いっぺんに入れてくれ」

「了解」

海里はほどよく冷めた芋を、無造作に手づかみし、そのくせフライパンにはそろりと注意深く入れていった。中身が何かを知っているので、飛びはねると酷《ひど》い目に遭うこともわかっているからだ。

カンナは、ふんふんとあまり高くない鼻をうごめかせた。

「あまーい、いい匂いする。みたらし団子みたい」

「おっ、なかなかええ感覚やな。キビ砂糖と、水と、薄口醬油《しょうゆ》がちょっぴりや」

夏神はニヤリと笑うと、フライパンの中身をカンナのほうに向けた。

「特製、大学芋。食うたことあるか？」

カンナは、ギュッと眉根《まゆね》を寄せ、顰《しか》めっ面をした。

「何、それ。大学生のお芋なん？」

それを聞いて、夏神は愕然《がくぜん》とし、海里は噴き出した。

「あははは、昭和のスイーツは、中坊には無縁だったんじゃね？」

「そういうもんか？」

「たぶん。中華ポテトの日本版みたいな奴だよ。中華ポテトみたいに、表面がパリパリしてねえの」

「ふうん……？」

海里に説明されても、カンナはピンと来ない様子だ。

「俺は好きやねんけどなあ。そうか、食うたこと、あれへんか」

夏神は渋い顔で、とろみのあるシロップを存分にまとった芋を皿に移し、すりごまをパラパラと振りかけた。それを、椅子に座り直したカンナの前に、新しい箸を添えて出してやる。

「ほい、完成や。好きなだけ食べ。余ったら持って帰って、明日《あした》の朝飯にしたらええ」

「やった！ いただきます。あっ、そういえば、さっき言うの忘れてた」

カンナはいちばん大きな芋を箸でザクリと突き刺し、いささか行儀悪く大口で頰張った。

「熱っ！ でも、美味《おい》しい！ やっぱり、みたらし団子みたいな味がする。これが、大学芋？」

「せや。作り方は色々やけどな。俺の料理の師匠が、年配の常連さんにせがまれて、土産によう作っとったんや。それを見て覚えた」

夏神は美味しそうに大学芋を頰張る少女を満足げに見ながら、そんなささやかな思い出話をした。

（へえ。あのコワモテ大師匠、そんなサービスしてたのか。つか、やっぱり見て覚えるもんだな、料理。俺も、油断してらんねえ）

夏神の調味料の配合を見そびれたことを密《ひそ》かに後悔しつつ、海里は、残ったシロップが固まり始めたフライパンを、慌てて洗いにかかった……。

食事を終えたカンナを、海里とロイドは自宅まで送っていくことにした。

カンナはひとりで大丈夫だと主張したが、午後十時を過ぎているのに、中学一年生の少女をひとりで帰らせることなどできはしない。

とはいえ、店は夏神がいないと料理が出せないし、海里ひとりでは非常時に心許《こころもと》ないということで、ロイドも付き添うことになったのである。

ロイドはツイードジャケットをきちんと着込み、海里はダッフルコートにストールという重装備で、カンナと共に店を出た。

外に出るなり、刃物のような鋭さで、冬の夜風が吹き付けてくる。

海里は、大判のストールをグルグルと襟元に巻き付け、顔の下半分を覆い隠しながらカンナに声を掛けた。

「家、松ノ内町《まつのうちちょう》だっけ？」

「うん」

カンナも、こちらはコンパクトにマフラーを結びながら頷《うなず》く。

「けっこう歩いてきたんだな」

「そう？　楽勝やけど」

「う、そう言われると、老け込んだ気分。つか、行きは楽勝かもだけど、帰りは上り坂だし、寒いからさぁ」

「おやおや、わたしはまったくの平気でございますよ？」

ガックリ肩を落とす海里に、ロイドは潑溂《はつらつ》と歩きながら涼しい顔でそんなことを言う。

カンナの前で「だってお前は眼鏡だろうが」とは言いかねて、海里はぐっと口ごもった。

それを、自分よりずっと年上の人のほうが元気でショックを受けたのだと理解したのだろう、カンナは気の毒そうに、「人それぞれやんな」と海里を慰めた。

「うう。サンキュ。とはいえ、余計凹《へこ》むなあ。つか、さっきの話だけど」

「さっきって？」

芦屋川沿いの暗い道を、他に通行人がないのをいいことに三人横並びでのんびり北上しながら、海里は躊躇《ためら》いがちに言った。

「店に来たときの話。ずっと考えてたんだけど、ただ晩飯食いに来るなら、もっと早い時間に来るだろ？　わざわざ九時過ぎて来たのって、深い時間のほうが、幽霊が出やすいと思ったからじゃないかなって思ったんだ。的外れかな？」

暗がりの中で、カンナの顔がギュッと強張《こわば》った。彼女はしばらく黙りこくったあと、恥ずかしそうに小さく頷いた。

海里は笑いもせず、真顔で頷き返す。

「あー、やっぱし。本気で幽霊、見たかったんだな」

「……いんやないって言うてるのに」

それに対して、カンナは口の中でモゴモゴと何か言った。前半を聞き取れず、海里は問い返す。

「何？」

「見たいんやないって、さっきも言った！」

「は？　どういうこと？」

「会いたいんよ！」

カンナは叩《たた》きつけるように、甲高い声を出した。

海里とロイドは、顔を見合わせる。

「会いたいって、じゃあ、幽霊見たさの好奇心とかじゃなくて、特定の人の幽霊に会いたくて、来たってわけ？」

カンナは頷き、突然走り出した。男ふたりも、慌てて少女を追いかける。

美しいカトリック芦屋教会を見ることもなく行き過ぎたカンナは、突然ピタリと足を止め、追いかけてくる二人に向かって、息を乱すこともなく、凜《りん》とした声で言った。

「パパ！」

「パパ……お父さんの、幽霊？　ってことは、カンナちゃんのお父さんは」

「死んだん。私が六歳のとき」

自分も幼くして父親を亡くした海里は、カンナの声に滲《にじ》む痛みを我がことのように感じ、即座に「ごめん」と謝った。

カンナは、むしろ不思議そうに、海里のちょっと泣きそうになった顔を見上げる。

「なんで謝るん？」

「カンナ様。海里様もまた、お父上を……」

思わず説明しかかったロイドを、海里は語気荒く制した。

「ロイド！　余計なこと言ってんじゃねえ」

「は、これは差し出がましいことを」

お調子者のロイドも、主《あるじ》の怒りに触れ、恐縮しきりで引き下がる。だがカンナは、ハッとして海里の顔を凝視した。

「えっと……あの、名前聞いてなかった。カイリ様っていうの？」

「様は要らねえっつの。てか、できたら五十嵐さんって呼んでくれ」

「じゃあ、五十嵐さん、も、ちっちゃいときにお父さんが死んだの？」

やむなく、海里は頷く。

「俺の場合は、もっと小さいときだったからな。最初からいなかったようなもんだから、カンナちゃんとはちょっと違う。けど、なんでお父さんは……」

海里は、出過ぎたことと知りながら、つい、カンナの父親の死について、質問しようとした。

だがそのとき、背後から男性の怒鳴り声が聞こえた。

「そこの三人ー！　止まりなさい！」

「……あ？」

振り返ると、男性が一人、凄《すご》い勢いでこちらへ向かって走ってくる。

「はて、なんでございましょう。もしや、追い剝《は》ぎでしょうか。その場合、わたしが盾になり、お二人をお守り致しますよ！」

ロイドは柔和な顔を引きしめ、その場でファイティングポーズを取る。

「いやいや。追い剝ぎは、待てって言ってから来たりしねえだろ。むしろ、もっとややこしいことになってる気がする」

「と、仰《おっしゃ》いますと？」

海里とロイドが会話している間に駆けつけたのは、見るからに安物のスーツを着込んだ、まだ二十代とおぼしき若者だった。

肩で息をしながら、「何してんの⁉」と、いきなり語気荒く詰問してくる。

「はて、何と仰せになっても、こちらのお嬢様を、ご自宅までお送りするところでございますよ？」

ロイドの言葉に、カンナも不思議そうな顔で頷く。

だが、若者は、柴犬《しばいぬ》を思わせる顔を緊張に強張らせ、「いやいやいや！」と、ロイドと海里の胸元を順番に指さした。

「こっちはさっきから見てたんやで。揉《も》めとったやん。女の子が逃げたのに、お前ら追いかけたやろ！　この子に何するつもりやねん！」

「あああ……やっぱしそっち方面に誤解されてた……！」

海里は片手をこめかみに当てた。カンナは、不思議そうに若者を見る。

「誰?」

この場でもっとも適切な質問を発した少女に、若者は面食らって軽くのけぞった。

「誰て、僕は芦屋署の……」

「おーい。焦るなって言っただろうが」

そのとき、背後からもうひとりの人物が追いついてきて、若者の肩をポンと叩いた。

その第二の人物を見て、海里とロイドはたちまち安堵《あんど》の面持ちになる。

それは、芦屋警察署生活安全課の刑事、仁木《にき》涼彦《すずひこ》だった。

仁木は、海里の兄、一憲《かずのり》の高校時代の同級生で、署にほど近い「ばんめし屋」にもよく来てくれる馴染《なじ》みの人物だ。

「やっぱりお前らか。……おい、先輩が待てって言ったら、ちゃんと待て。犬でもできるぞ、そのくらいのことは」

後半は、明らかに混乱している若者に向けた叱責《しっせき》の言葉だ。

海里は、仁木の名前のとおり涼しげな顔を見た。

「俺たち、怪しいもんじゃないですよ、刑事さん」

「ばーか、わざとらしく『刑事さん』とか呼ぶな。わかってる。こいつがわかってなかっただけだ。暗くて、俺もお前らだって確信がなかったしな」

仁木は顔を歪《ゆが》めるように苦笑すると、背後を指さした。

「お前んとこの店で、こいつに晩飯を奢《おご》ってやろうと思ったら、ちょっとばかり怪しい光景を目撃しちまったんでな。慌ててこいつが突進したってわけだ」

「ああ、なるほど」

「ちょ、仁木さん、こいつら知り合いですか？」

若者は、まだ警戒の目で二人をジロジロ見ながら、仁木に問いかけた。

仁木は、とうとう小さな声を上げて笑い出す。

「まあ、チャラい兄さんと英国紳士の取り合わせじゃ、怪しさ満点だよな。けど、大丈夫だ。この二人は、『こいつら』じゃねえ。『ばんめし屋』の従業員で、俺がさんざん世話したり、世話になったりしてる人たちだ」

簡潔かつ的確な説明に、海里とロイドが揃ってこくこくと勢いよく頷《うなず》く。

それでようやく疑念が晴れたのだろう、若者は急にしゃちほこばって、「すいませんでした！」と大声で謝り、深々と頭を下げた。

まるでばね仕掛けの玩具《おもちゃ》のような動きに、カンナはプッと噴き出す。

海里は、そんなカンナの頭を軽く小突いて「働く大人を笑うなよ」と窘《たしな》めてから、仁木を見た。

「で、こっちの人は？　やっぱり刑事さん？」

仁木は、少し恥ずかしそうな渋面で、ぞんざいに若者を紹介した。

「こいつは、同じ課の竹中《たけなか》だ。前まで俺と組んでた奴が、俺に愛想を尽かしてな。代わりにこいつが、俺と組みたいとみずから課長に志願した。ただの物好きだ」

「物好き違いますよ！　俺、仁木さんのこと、そこそこリスペクトしてるんやって、何度も言うてるやないですか」

「そこそこかよ！」

「おっ、関西人のツッコミのテンポが、わかってきたん違いますか？」

「うるせえ」

二人のやり取りを聞いて、さっきカンナを窘めた海里まで、うっかり噴き出す。

どうやら、今度こそ、仁木は気の合う「相棒」を手に入れたらしい。

「ども。『ばんめし屋』で働いてる五十嵐です。こっちはロイド」

「ロイドと申します。お見知りおきを」

「ども！　竹中です。なんや疑ってすいませんでした」

「や、俺たちもちょっとくらいは怪しかったかもなんで、お務めご苦労さんです」

頭を下げ合う三人を横目に、仁木はカンナに訊《たず》ねた。

「それで、君は？　この二人とどういう関係？」

するとカンナは、無邪気に答える。

「お客さんとお店の人」

「いやいやいや、そのフレーズ、どっちがどっちかを逆に解釈されると滅茶苦茶《めちゃ》怪しいから、やめて」

海里は慌てて、当たり障りのない事情だけを、掻《か》い摘《つ》まんで刑事ふたりに説明した。

「なるほどな」

ようやく二人の刑事は事情を理解したようだが、仁木は渋い顔になった。

「とはいえ、お前たちにこのまま送っていかせるわけにはいかねえぞ」

「へ？　なんで？」

「一般的に考えて、誰もいない家に、女子中学生を、他人である成人男性二人が送っていくってのは……いかがなものか案件だろうが」

海里は、うっと言葉に詰まりながらも、弁解を試みる。

「そ、それは俺もちょっと考えた。だから、家が見えるところで俺たちは止まって、カンナちゃんが無事に家に入るまで見届けようかって相談してたんだよ！」

「別にお前らを疑うわけじゃないが、冤罪《えんざい》が生まれる機会は潰《つぶ》しておいたほうがいいだろ」

仁木はサラリとそう言い、竹中を見た。仁木より少し身長が低く、ヤンキーっぽいが、よく見れば人懐っこそうな顔をしている竹中は、わかっていると言いたげに頷く。

仁木は、海里とロイド、それにカンナの顔を順番に見ながらこう言った。

「この子は、俺と竹中で送って行く。それでいいな？」

「えー？」

カンナはあからさまに嫌そうな顔をしたが、海里はむしろホッとした様子で、身体ごとカンナのほうを向いた。

「まあ確かに一般的には、おまわりさんに送ってもらったほうがいいよ。こっちの細長いおじさんは、俺の知り合いだから安心して」

「細長いおじさんだと……？」

仁木は眉間《みけん》にギリリと縦皺《たてじわ》を刻んだが、海里はなおも渋るカンナにこう言った。

「うちの飯が気に入ったんなら、またおいで。話の続きは、そんときにしよう。でも、もっと早い時間に、できたらタクシーかバスで。うち、バス停から近いからさ。な？」

ハンサムな「お兄さん」に優しく諭されて、カンナはようやく了承した。

「わかった。じゃあ、また」

「うん、また」

「心より、お待ち申しておりますよ、カンナ様」

右手を胸に当て、ロイドも恭しく一礼する。

「カンナ様って」

暗がりでもわかるくらい顔を赤らめて恥じらうカンナを促し、仁木と竹中は、国道二号線のほうへ歩き始める。

「ばいばい」

振り返って何度も手を振るカンナに、海里とロイドもしばらくその場で手を振り返し、遠ざかる三人の背中を見送った。

「さて、店に戻るか。あの子を送っていかずに済んだ代わりに、お客さん二人、ミスったな」

「まことに。カンナ様と楽しくお話しできなかったのは残念ですが、やはり、刑事さんがお送りしたほうがよろしいのでしょうね」

ロイドはいかにも残念そうにそう言った。海里は、そんなロイドと店に向かって並んで歩きながら、肩をそびやかす。

「世の中には、『送り狼』って言葉があるからなあ」

「おくりおおかみ、でございますか？」

「優しいふりで送っていって、突然豹変《ひょうへん》してバクリ！　って奴。俺たちはそういうタイプじゃないけど、世の中、悪い奴もいるだろ」

「なるほど。『赤ずきんちゃん』の狼でございますね」

「それそれ。考えてみりゃ、俺、過去にいっぺん、狼疑惑かけられてっからさ。その手のヤバイことは、避けるに越したことはないんだった。仁木さんの言うとおりだ」

海里は自嘲《じちょう》気味にそう言った。

かつて、酔い潰れた若手女優を自宅に送り届け、心配でしばらく様子を見ていただけで、彼女に無体な振る舞いをしようとしたと疑われ、芸能界を追われた海里である。

再び、しかも今度は女子中学生相手にそんな疑惑をかけられ、それを芸能記者に嗅《か》ぎつけられようものなら、もはや芸能界復帰の可能性はマイナス値になってしまう。

そこまで考えて、海里はハッとした。

（俺、芸能界に復帰したいって、やっぱ、心のどっかで考えてるよな。しかも、わりと本気で）

ササクラサケルの舞台に出たことで、海里の芝居に対する愛着は、いっそう強くなった。

バラエティ番組に活動の場を移してからはすっかり忘れていた、演じることの楽しさと苦しさ、難しさ。そうしたものが、あの日、舞台に立ったその瞬間に、海里の身体にどっと流れ込んできたのだ。

そしてそれは、今も彼の身体の中で、小さな渦を巻いて流れ続けている。

まだ早い、まだ自分には板の上に戻る資格も覚悟もない、そう自覚していても、今の平穏な生活をどれほど愛していても、まるで生まれつき背負った業のように、彼は常に心のどこかで、芝居のことを考えている。

（いやいや。調子に乗るな。一発勝負の舞台がたまたま上手《うま》くいったからって、芝居が上手くなったつもりでいるんじゃねえよ、俺）

ともすれば安易に、テレビドラマで活躍する「俳優　五十嵐カイリ」の姿を夢想してしまう心を戒めるため、海里はゲンコツで、自分の頭をゴツンと叩《たた》く。

少し先に行っていたロイドは、その音に気付いて振り返り、不思議そうな顔をした。

「海里様？　何とも軽やかな音が致しましたが……」

「軽やかって言うな！　頭の中身が詰まってないみたいだろ」

「おや、今のは頭を叩いた音でしたか。まるでスイカの品定めをするときのような音が致しましたね」

「うるさい。お前なんか、はなから脳みそがないくせに！」

「なくても、眼鏡は十分にインテリゲンチャでございますからね」

「何だそれ。インテリゲンチャ？」

「おや、ご存じない？」

「俺は日本人だから、横文字には弱いの。ほら、仕事に戻るぞ！」

眼鏡であるロイドが知っている言葉を自分が知らないことが決まり悪くて、海里は猛スピードで店に向かって歩き出す。

「おやおや。亡き前の主《あるじ》が、よくそう仰《おっしゃ》って、褒めてくださったものなのですがねえ」

懐かしげに遠い日の思い出を呟《つぶや》き、ロイドもまた、「インテリゲンチャ」と口の中で繰り返しながら、のんびりと主の後を追いかけた。


翌朝、午前七時。

午前五時に閉店し、後片付けと清掃を済ませた三人は、二階の茶の間で就寝前の軽い食事を摘まみながら、テレビに見入っていた。

いつもは見ない朝の情報番組だが、かつて海里が出ていたのとは違う局のものだ。

「おっ、始まったで。淡海先生、いつ出るんやろな」

夏神は、畳の上に両足を投げ出し、靴下を脱いだ。そのまま流れるような動作で、左足の薬指と小指に触れたと思うと、指をポンと取り外す。

知らない人が見れば仰天したことだろうが、海里もロイドも、特に興味を示さない。

それは、精巧に作られたシリコン製のキャップであった。

かつて雪山で遭難したとき、夏神は、二本の指を凍傷で失った。

そのせいで身体のバランスが多少取りにくく、長時間立ち仕事をしていると、脚の筋肉が酷《ひど》く強張《こわば》ってしまうらしい。

おまけに、もはや存在しないはずの指がしょっちゅう痛むので、あちこちを揉《も》みほぐしてからでないと、特に冬は眠りにくいのだそうだ。

ふくらはぎをぐいぐいと太い指で揉みながら画面を見ている夏神に、海里は残りご飯で作ったおにぎりを頬張りながら、ぞんざいに答えた。

「さあ、どうだろ。こういう番組、出だしはたいてい、お堅いニュースをさらっと総まくりするんだよ。それから、お天気情報が入って……」

「さすが、元出演者は詳しいな」

「そりゃね。待ち時間が長くて、毎朝ゲンナリしたもん」

いつの間にか、苦い過去もそれなりにあっさりと話せるようになっている自分に軽く驚きつつ、海里は懐かしく、番組の進行を見守った。

海里の言うとおり、挨拶《あいさつ》とメンバーの紹介に始まり、新聞各社の主だったニュースをピックアップして紹介するコーナーの後、今日の天気と、今週の天気予報をかなり詳細に解説するコーナーがあり、その後、コマーシャルを挟んで、ようやく淡海の名前が紹介された。

いかにも朝の番組らしく、清潔な白いワイシャツとネイビーの細身のスラックスという服装の淡海が、柔和な、と言えば聞こえはいいが、あからさまに眠そうな笑顔でスタジオに登場する。

メイン司会の女性アナウンサーが、他のゲストに並んで席に着いた淡海に向かって、早速話しかけた。

「さて、本日、淡海先生に来ていただいたのは、いつものように、『カワイイ』を解説していただくためではなくて……じゃじゃん！　先生、見せてください」

「じゃじゃん」

間の抜けた声で復唱し、淡海はテーブルの上に、昨日見たあの本を置いた。両手でホールドして、カメラが上手に撮影できるようにする。

画面いっぱいにクローズアップされたのは、昨日のＣＭで見たのと同じ、シンプルで美しい、不思議に人目を引く例の表紙だった。

他のゲストたちも、『天を仰ぐ』というタイトルを読み上げたり、口々に表紙の美しさ、斬新《ざんしん》さを讃《たた》えたりする。

女性アナウンサーが、すぐさまその本を紹介し始めた。

「淡海五朗先生の新作は、なんと、これまでのキラキラした少女たちの世界とは打って変わって、ドロドロした芸能界が舞台なんだそうですね！」

ドロドロという表現に、ゲストたちは突っ込みを入れたり笑ったりしたが、淡海はすこぶる真剣な顔で頷《うなず》いた。

「ええ、そうなんです。ドロドロした芸能界と人は簡単に言いますが、この世界は本当に誘惑が多い。そして芸能界は、世間を知らず、学もなく、大人に利用されることに慣れきった子供たちが、酷くいびつな大人になっていく場所でもあるんです」

いつもは笑顔で少女たちの「カワイイ」を語るという緩い芸風の淡海が、突然、毅然《きぜん》とした声で語り出したことに、皆、驚いて反応することを忘れる。

女性アナウンサーもやや戸惑いながら、それでも実力派という世間の評価に違《たが》わず、落ちついて質問を口にした。

「なるほど、芸能界の厳しさや残酷さをテーマにした小説なんですね？　私も前半部分を読ませていただいたのですが、もう、ハラハラしてページをめくる手が止まりませんでした」

「陳腐な表現だなあ」

海里は憎まれ口を叩いたが、ロイドは、熱心な口調で海里に言った。

「ですが、あの御方は今、前半部分だけを読んだと仰せでした。海里様と同じところまで、ということでは？」

　夏神も、ふくらはぎをぐいぐい揉みながら同意する。

「せや。淡海先生、他の奴にも、お前と同じとこまでしか読ませてへんの違うか？　いやまあ、編集部の人は全部読んどるやろけど」

「……ん」

　海里は曖昧《あいまい》に頷き、二人の会話に意識を集中させる。

　淡海は、そこでようやく淡く微笑んだ。

「ありがとうございます。そう言っていただけると、作家冥利《みようり》に尽きますねえ」

「お世辞じゃないですよ！　後半を読ませてくださらないなんて意地悪をされて、発売日を待ちきれない気持ちです」

「あはは。ますます嬉《うれ》しいな」

　軽く受け流す淡海に、女性アナウンサーは、手元の資料をチラと見ながら、なおも話を進めた。

「そしてこの小説、主人公は、役者志望の若者なんだそうですね」

　淡海は頷く。

「はい。最初はミュージシャンにしようと思っていたんですが、試行錯誤するうち、役者志望がしっくりきましてね。田舎から上京した若者が、芸能界で次第にのし上がり、足を掬《すく》われてたちまち転落し……」

「あっ、先生、私はそのあたりまで読みました！　もう、彼がどうなるのか気になって気になって……。ところでこの本、昨日、情報を解禁したばかりなのに、もう話題沸騰で、書店には予約が殺到しているそうです。それで……」

黒目がちの大きな目が印象的な女性アナウンサーは、カメラを正面から見て、いっそう声を張り上げた。

「発売までまだ三週間近くあるのに、もう重版が決定致しました！」

おおおー、とスタジオじゅうがどよめき、皆、淡海に大袈裟《おおげさ》な拍手を送る。

照れて頭を掻《か》きながら、淡海は軽く礼をした。

「恐縮です。期待に応《こた》えられているといいんですけどね。不安です」

「何を仰るんですか。わたしたち、先生を全面的に応援しますよ！　それに、これはうちの番組の特ダネですけど……」

「おっ、なになに？」

それまでずっと、ひときわ大きな動作と声でリアクションしていた若手お笑い芸人が、明るい笑顔で期待感を煽《あお》る。

ひと呼吸置いて、アナウンサーは言った。

「この小説、重版だけでなく、なんとドラマ化の企画も進行しているそうなんですよ！」

さっきより大きなどよめき、そして、さらに盛大な拍手を受けて、淡海は今度は立ち上がって四方八方に頭を下げ、そして着席した。

「や、もう本当に恐縮ですねえ。でもまだ、そこは『企画段階』なんで、もっとちっちゃな声で、ここだけのお話に」

「先生、もう全国、いや、全世界に知れてしまいましたわ〜」

関西出身のタレントがこってりした関西弁で混ぜっ返し、一同がどっと沸く。

わかりやすい、バラエティ番組を盛り上げる手法だ。

これぱかりは、海里が芸能人だった頃から、いや、そのずっと前から、少しも変わらない。古臭いし胡散臭《うさんくさ》くもあるが、それでも十分に効果的なのだ。

そんな醒《さ》めた目で画面を見ていた海里は、女性アナウンサーの次の発言に、ギクリと身を震わせた。

彼女は最高に明るい空気をまとったまま、こう言ったのだ。

「あっ、それで、先生。今回は、小説の主人公に実在のモデルがいるんだそうですね。一般の方だとか」

「お」

夏神は、海里を見る。

「海里様のことですね！」

ロイドもはしゃいだ声を上げた。当の海里だけが、渋い顔で両膝《りょうひざ》を抱え込む。

「俺だなんて、誰も知らないっつの。芸能界で挫折《ざせつ》する奴なんて、成功する奴より何十倍も多くいるんだから」

「まあ、それはそやけど、俺らだけが知っとるっちゅうんも、ええもんやないか」

「別によくないよ」

渋い顔で言い返しつつも、海里は本当はどこか晴れがましい気持ちで、画面の中の淡海を見ていた。

無論、小説なので、まだ知らないオチがどうであれ、主人公は海里その人ではない。海里と似たような境遇にあり、似たような挫折をしたとしても、主人公は主人公の人生を、小説世界で生きているはずだ。

それでも、淡海の取材に何度も応じ、彼にある程度のインスピレーションを与えられたこと、そして書き上がった小説が発売前から大いに話題になっていることは、海里にとっては決して小さくない喜びであり、失った誇りをほんの少し取り戻してくれる結果でもあった。

(古傷を抉《えぐ》るみたいな話をする羽目にもなったけど、やっぱ、協力してよかったな。淡海先生、嬉しそうだし。俺も嬉しい)

海里は温かな心持ちで、もう一つ、おにぎりを取った。

昨日の、モデルである自分が蔑《ないがし》ろにされたという憤りやわだかまりは、今、画面の中の淡海の姿を見ていると、自然に薄れつつあった。

ドラマ化などという大きなプロジェクトになっている以上、作家の独断ではできないことも多いのだろう。

それでも、見本が届き次第、自分の手で海里にプレゼントしたいと言ってくれた淡海の真心がようやく伝わってきて、海里は淡海にすまないという気分にすらなっていた。

(大人げない文句言ってすみませんでしたって、謝らなきゃな)

大いに反省しながら、海里は元気よくおにぎりに齧《かじ》り付いた。

　ところが。

　ところが、である。

淡海は再び真顔になると、小さく咳払《せきばら》いした。

彼が何か大事なことを話そうとしていると気づき、サブカメラがすかさず淡海の顔を真正面から捉《とら》える。

淡海は、細い目でカメラを直視して、彼にしてはやけに張りのある声を発した。

「これはまだ、ドラマの制作会社の人たちにも話してない、特ダネなんですけどね。お訊《き》きになりますか？」

それはどうやら、打ち合わせ段階ではなかった、想定外の発言だったらしい。

女性アナウンサーは、たちまち不安げに顔を強張《こわば》らせた。

しかし、番組は生放送である。しかも話題の小説の特ダネを、作者自らばらそうと言うのだから、乗らない手はない。

おそらくそう判断した彼女は、画面外のディレクターと慌ただしく目配せをしあってから、淡海に向かって、ぎこちない笑顔を作ってみせた。

「あらあら、これは先生からのサプライズですね？　やられました。じゃ、じゃあ、お聞きしちゃって、大丈夫かしら」

「ふふ、どうでしょう」

こちらもひと呼吸おいてから、淡海はこう言い放った。

「実はね、この小説のモデルは、先だって芸能界を事実上追放された、俳優……いや、他局だけど、朝の情報番組の料理コーナーを担当していた、五十嵐カイリ君なんですよ。ほら、あの、『ディッシー！』って言ってた彼。皆さん、ご存じでしょう？」

「ヒッ」

海里の喉《のど》が、奇妙な音を立てた。その手から、おにぎりが畳の上に落ち、コロリと転がる。ご飯粒が見事な軌跡を畳に描いたが、誰もそんなものは見ていない。

「ちょ……淡海先生、何言ってくれちゃってんの？」

ひっくり返りそうになった海里の口から漏れた声は、酷《ひど》く弱々しく、掠《かす》れていた。

夏神も、仰天してものも言えず、自分の足の甲を摑《つか》んだまま硬直している。

ロイドだけが、「おやおや」と、いつもの間の抜けた声を上げた。

いきなりの告白に、スタジオの中もちょっとしたパニック状態に陥っている。

居並ぶゲストたちの視線が忙しく彷徨《さまよ》っているのは、五十嵐カイリの名前に迂闊《うかつ》に反応するわけにいかず、ひたすらスタッフの指示を求めているからだ。

「司会の女性アナウンサーも、明らかに狼狽《ろうばい》した顔で「あら、それは、あらっ」という
まったく意味をなさない相づちを打つばかりだ。
だが淡海ひとりが落ち着き払い、カメラに向かって淡々と宣言した。
「僕は彼の言い分しか知りませんが、彼の人となりは知っています。彼は、メディアが
報道したような卑怯《ひきょう》なことをする人物ではない。僕はそう確信しています。大いに苦し
み、新しい人生を生きようと地道に努力してきた彼に、僕はもう一度、本来の夢を追う
チャンスを提供したい」
「そ……そうなん、ですか？」
「ええ」
淡海は力強く頷《うなず》き、なおも言葉を継いだ。
「だからこそ僕は、彼をモデルに小説を書きました。そして、ドラマ化の際には、彼に
主人公を演じてほしいと心から願っています。そうあるべきなんです」
海里はもはや呼吸することも瞬《まばた》きすることも忘れ、ただ放心したように画面を凝視し
ている。
だが、次の瞬間、画面は唐突にコマーシャルに切り替わった。
おそらく、このままでは事態を収拾できないと判断したディレクターが、指示を下し
たのだろう。
海外の有名女優が、朗らかに柔軟剤を使ってみせるCMを呆然《ぼうぜん》と見ていた夏神と海里

は、ほぼ同時に荒く息を吐いた。

先に口を開いたのは、夏神である。

「おい、イガ」

「……うん」

海里も、やっとのことで返事をする。

「また、アレの再来違うんか、これは」

それには直接答えず、海里は座ったままの姿勢で、ごてんと横向きに倒れ込んだ。

その顔は真っ青になってしまっている。

確かに昨日、淡海はこの番組を見てほしいと言っていた。

だが、「大したことは言わない」とも言っていたのだ。

それなのに……。

「滅茶《めちゃ》苦茶大したこと、言ってくれちゃってるじゃん」

力ない声が、色を失った海里の唇から零《こぼ》れた。

「どうすんだよ、これ」

次に出たのは、そんな嘆きの文句である。

いきなりテレビの生放送で自分の名前を出されてしまい、しかも正面切って弁護されてしまっては、喜んでいいのか、感謝していいのか、不意打ちだと怒っていいのか、あるいは……いったいどんな感情が今の自分にふさわしいのか、海里にはさっぱりわからなくなっていた。

ただ、芸能界を追われたあの日と同じくらい、あるいはそれ以上に動揺している。

それだけが、確かだった。

「どうするんだよぉ」

何度も譫言《うわごと》じみた一言を繰り返し、海里はまるで駄々っ子のように、畳の上を転げ回る。

夏神とロイドは、そんな海里に何と声をかけていいのかわからず、ただ、転がる海里と、その身体に何度となく轢《ひ》かれる哀れなおにぎりを、無言で見つめていたのだった。

三章　試される心

施錠した入り口の引き戸が、乱暴なノックで耳障りな音を立てる。

引き戸に嵌《は》め込まれた磨《す》りガラス越しには、様々な色が見えた。黒っぽいのは人間の髪、他の色は肌と衣服だ。その色数を見るだに、十人以上はいるだろう。

引き戸の隙間から店内を窺《うかが》おうとしたり、ガラスに息を吹きかけてみたり。そんな人々の動きに従い、ガラス越しに見える色が小刻みに動く。

まるで、出来の悪い万華鏡のようだ……と、店内にいる夏神はぼんやりと思った。

『すみませーん！』

『こんにちは！』

『開けてくださーい！』

もう数十分も、そんな複数人の大声の呼びかけが続いている。

まるで、言葉だけ丁重な借金取りのようだ。

ドンドンドンドンドン！

今度は、勝手口の扉までが、おそらくは拳《こぶし》でけたたましくノックされ始めた。

客席の椅子にどっかと腰を下ろしていた夏神は、腕組みしたまま、太い眉《まゆ》をピクリとさせた。

「寝とるときの蚊ぁよりうるさい奴等やな」

そのへの字に曲がった唇が開き、忌々しげな呟《つぶや》きが漏れた。

険しい眼差《まなざ》しで見た壁掛け時計の針は、もうじき午後二時を指そうとしている。

（そろそろ午後のワイドショーが始まる頃か。もう始まっとるとこもあるやろな）

睡眠不足の血走った目で、夏神は引き戸の向こうに詰めかけた人々を睨《にら》んだ。

もう二十四時間以上眠れていない。眠いはずだが、睡魔は遥《はる》か彼方《かなた》へ押しやられていた。

アドレナリンが、全身を駆け巡っているのがわかる。血液がふつふつと静かに沸き立つような感覚が、朝からずっと続いている。

（ほんまに、十年一日の取材スタイルやな。これぱっかしは、少しも洗練されんのか。進歩のないやっちゃ）

心の中で悪態をついて、夏神は心に詰まった怒りをほんの少しガス抜きし、努めて落ち着こうとした。

扉を開けて確かめるまでもなく、外に詰めかけているのは、いわゆる芸能レポーターとカメラマンたちだ。

今朝、情報番組に出演した淡海が、月末に発売する新しい小説のモデルが海里であり、進行中のドラマ化企画においては、海里を主役に抜擢《ばってき》したいと、独断で爆弾発言をした。

それを受けて、突撃取材にやってきた連中である。

以前、芸能界を追放された海里がここで働いていることが知れ、今と同じようにたくさんの記者が詰めかけて大変な騒ぎになったことがある。

その経験から、夏神は番組のショックから少し立ち直ると、すぐさま行動に移った。

動転している海里を放っておいて、彼の実家と連絡を取り、続いてタクシーを呼んだ。

そして、「逃げるのは嫌だ」と力なくごねる海里を無理やりタクシーに押し込め、実家へ避難させた。

前回と違い、海里と家族との関係はすこぶる良好だ。まだ出勤前だった兄の一憲は、事情を聞くが早いか、「わかりました。こっちへ寄越《よこ》してください」と海里を引き受けてくれた。

もとより、海里の父親代わりをずっと務めてきた彼だ。誰よりも熱心に弟を守ってくれるだろう。それに、三人の中で唯一平常心を保っているロイドもついている。

夏神は、海里の身の安全については、まったく心配していない。

問題は、これからの自分だ。

店に詰めかけてきた連中の相手は、自分が受けて立とう。

そんな決意は、番組を見た後、すぐに固めた。

昼前から記者が徐々に集まり始め、今の状態になるまで、彼はずっと誰もいない店内に立てこもり、ひたすら耐えていた。

すぐに対応せず、この時間まで引っ張ったのは、芸能番組の制作スタッフに十分な編集時間を与えないためだ。

そうした行動の裏には、彼自身の苦い経験がある。

まだ学生時代、友人や恋人と共に雪山で遭難してただひとり生還したとき、夏神は深刻なショックを心身に受けたままの状態で、記者会見に臨むことを強いられた。

そのとき、彼の心を占めていたのは、大切な人たちをみすみす死なせ、自分だけが生き残って申し訳ないという大きすぎる罪悪感だった。そのせいで、彼は半ば無意識に、「自分は皆を見捨てて逃げた」と真実ではない発言をしてしまったのである。

本当は、動けない仲間たちを救うため、命を捨てる覚悟で避難場所からひとり飛び出し、遠く離れた山小屋へ向かったのだが、それを話してしまえば薄汚い自己弁護をするように感じられ、当時の彼にはどうしても言えなかった。

以来、毎日何度となく、あらゆるテレビ局がそのショッキングな告白部分だけを繰り返し放送した。「識者《ひきよう》」たちは遭難の状況を好き勝手に分析し、コメンテーターたちは口を揃え、夏神を卑怯者と痛烈に批判した。

そうしたマスコミの報道は、世間の人たちの怒りと憤りを煽《あお》り、夏神は日本中から猛烈なバッシングを受けることになってしまった。

友人だと思っていた人たちや実家の近所の住人たちは、カメラの前であることないことを喋《しゃべ》り、出身校の恩師たちも、彼の行動について「残念です」と沈痛な顔で語った。彼だけでなく、彼の両親までもがそうしたいわれなき攻撃や非難に晒《さら》され、カメラの前で、毎日謝罪の言葉を口にすることを要求された。

たった一つの失言が、マスコミによって鋭い刃物に姿を変えられたのだ。

その刃《やいば》は、夏神の心に決して癒《い》えない深い傷を穿《うが》ち、何の罪もない彼の両親の命を無残に切り刻んだ。

しかも、その後の夏神には、真相をきちんと話す機会など与えられなかった。

彼が少しばかり落ち着きを取り戻した頃にはもう、マスコミはとっくに夏神に「飽きて」いたのである。

猫がカエルを玩具《おもちゃ》にしていたぶり、動かなくなったらあっさり捨てるように、マスコミは、自分たちが徹底的に打ちのめした夏神のことなどサラリと忘れ、既に他のスキャンダルに夢中だった。

そうした一連の記憶が、本来は決して気が長くない夏神を慎重にさせた。

遭難から長い年月が経ち、分別のついた大人になったとはいえ、夏神は、今もただの一般人である。

記者との質疑応答が、緊張から要領を得ないものになるかもしれない。

発言の一部を切り取り、都合よくイメージ操作することを前提にした、小ずるい誘導尋問に引っかかってしまう可能性もある。

だが、番組が始まってから彼が応対すれば、正確さよりスピードと話題性を重要視するワイドショーのスタッフは、おそらく「撮って出し」の映像を番組中に流そうとするはずだ。

たとえそれ以降の時間帯の番組で編集・改変した映像を出したとしても、今は必ず誰かによってインターネットにオリジナルの映像が上げられ、発言の差異が指摘される。

マスコミの情報操作は、昔ほどは上手《うま》くいかなくなっているはずだ。

自分の発言を、できるだけそのまま放送させる。それが、夏神の唯一の戦略だった。

「頃合いやな」

低く呟いて、夏神は、立ち上がった。料理をするわけでもないのに、頭にバンダナを巻き、前掛けを着ける。

その出《い》で立ちは、夏神にとっては料理人の戦闘服なのだ。戦う相手は芸能レポーターでも、夏神は料理人として、彼らに対峙《たいじ》する。そうした決意の表れだった。

「今度こそしっかりせえよ、夏神留二」

パチン！　と大きな音を立てて両手で自分の頬を叩《たた》き、活を入れた夏神は、大股《おおまた》に引き戸に向かって歩き出した。

「海里、お茶、淹《い》れたげよか？　それともお菓子食べる？」

そんな声に、リビングのソファーに膝《ひざ》を抱えて座り、テレビの画面を凝視していた海里は、視線を続き間のダイニングルームに向けた。

大きなダイニングテーブルで、おそらくは今やらなくていい縫い物をしていた彼の母親、公恵《きみえ》が、心配そうにこちらを見ている。

自分を心配してくれている母親に済まなく思いつつも、微笑む気力もなく、海里は無感情な声で「要らない」と答えた。

「だけどあんた、うちに来てからずっとそこにいて、何も飲み食いしてないでしょう。お昼も要らないって言ったし。やっぱりお茶くらいは飲みなさい。身体に悪いわ」

そう言うと、繕いかけのブラウスを置いて、公恵は立ち上がった。女もののブラウスは、公恵が着るには少々派手だし、サイズも大きそうだ。おそらく、一憲の妻、奈津《なつ》のものだろう。

もう一度「要らない」という気力もないし、言われてみれば、口の中がカラカラだ。

海里は力なく頷《うなず》き、再びテレビに視線を戻した。

そんな息子の姿に、公恵は柔和な顔に心配の色を滲《にじ》ませ、それでも「美味《おい》しいのを淹れてきたげるわね！」と明るい声を敢《あ》えて出して、キッチンへ入っていった。

公恵の姿が見えなくなると、海里のシャツの胸ポケットから、眼鏡姿のロイドがヒソヒソ声で話しかけてくる。

『我が主《あるじ》。わいどしょー、とやらが、始まりましたな』

海里も、ポケットに顔を近づけ、囁《ささや》き声で「うん」とだけ答えた。

テレビに映っているのは、この時間帯に放送されるいくつかのワイドショーの一つである。

海里ともかつて面識のあった男性司会者が、元気よくアシスタントの女性と共に、居並ぶゲストコメンテーターたちを紹介している。

『さて、今日はなかなかのネタが並んでますねえ〜』

放送予定のコンテンツをすべて表示した大きなボードを見ながら、司会者は人の悪い笑顔でそう言った。

その中には、「淡海五朗、新作のモデルはあの五十嵐カイリと明かす。ドラマ化で芸能界復帰を視野に⁉」という見出しもあった。

幸か不幸か、今日は有名女性アイドルグループのメンバーが、プロデューサーと恋仲であることが発覚したという大スクープがあるので、海里のネタは、おそらく三番手くらいの扱いだろう。

『海里様のお話は、まだですか。焦《じ》らしますねえ』

ロイドは、ガッカリした様子でそう言った。

真っ先に画面に映ったのは、今朝、プロデューサーの自宅から出て来たところを捉《とら》えられた、私服に帽子、大きなレンズのサングラスとマスク姿の女性アイドルだ。

『あの出で立ち、目立ちたいのか目立ちたくないのか、よくわかりませんな』

詰め寄る記者を片手で追い払う仕草をしながら、俯《うつむ》いて何も言わず、交際相手のプロデューサーが回してきた自家用車に乗り込み、逃げ去っていく。そんな女性にロイドが漏らした感想に、海里の口角が僅《わず》かに上がった。

「あれで、変装して目立たなくしてるつもりなんだよ。俺もよくやった」

『海里様も、あのような短いスカートをお召しに？』

「ばーか、そこじゃねえ。帽子とかサングラスとか、マスクとか。でもまあ、普通はそんなにフルセット覆わないから、余計に目立つよな」

『そうでございますよ』

「でもさ、変装してるのに顔が差すって……」

『顔がさす？　何をさすでございます？』

「あ、ええと、正体がばれるって意味。関西のお笑いの人がよく使う言葉。顔をちょっとしか見せてないのにバレちゃうくらい自分がかっこいいとか可愛いとか思えて、ちょっと嬉《うれ》しいんだよな、あれ」

『つまり、敢えて正体を知られたいがための変装、でございますか？』

「いや、目立ちたくないのも、正体を隠して出掛けたいのも本心。けど、バレたらバレたで、ウザイと同時に、えっ、この状態でも俺がわかっちゃうのか〜っていう有名人のプライドがくすぐられるっていうか。そういうとこ、少なくとも俺にはあった」

『ほほう……。芸能人というのは不思議な職業ですなあ』

「ホントにな」

海里がしみじみと同意したとき、「何、独り言？」と不思議そうな顔をしながら、公恵がトレイを手にやってきた。

海里は慌ててかぶりを振る。

「あ、いや。テレビに悪態ついてただけ」

「やめなさい。そんなことしても、人相が悪くなるだけよ」

やんわりと息子を窘《たしな》め、公恵はトレイをコーヒーテーブルの上に置き、自分は海里の隣に座った。どうやら、一緒にワイドショーを見るつもりらしい。

「はい。食欲がないなら、せめて羊羹《ようかん》ひときれだけでも食べなさい。糖分は必要よ」

そう言うと、公恵は爪楊枝《つまようじ》で薄切りの羊羹をブスリと刺して持ち上げ、海里の口元に突きつけた。

「要らないって言ってんのに」

不平を口にしながらも、母親に心配をかけている後ろめたさから、海里は従順に口を開ける。突っ込まれた羊羹をもぐもぐと咀嚼《そしゃく》しながら、海里は画面に見入った。

自分も羊羹を口に入れた公恵はソファーにゆったりもたれ、「まだあんたのは始まりそうじゃないわね」と言ってから、こう続けた。

「それにしても、助かったわあ。一憲にはそんなの一般家庭には大袈裟《おおげさ》じゃない？って言ったけど、あの子が正しかったわね。今回は、ほんとに助けてもらった」

海里も、決まり悪そうな顔で頷く。

実は昼前まで実家のほうにも十人ほどの記者が押しかけてきていたのだが、昨年、一憲がホームセキュリティサービスを導入していたおかげで、「不審人物が玄関前に来ている」と通報し、即座に駆けつけた警備スタッフに追い払ってもらえたのだ。

今も、玄関前にスタッフがひとり居残ってくれているので、前回、海里が芸能界を追放されて騒ぎになったときのように、インターホンを何時間も押し続けられたり、家の前で大声を出されたりせずに済んでいる。

仕事に急に穴を開けられないため出勤した一憲と奈津も、昼休みを利用して、家に様子を見に帰ってくることができた。

今は二人とも職場に戻り、家の中にいるのは公恵と海里だけだ。盗撮を恐れ、部屋のカーテンを閉めきっているので夜のようではあるが、それ以外は、久しぶりに訪れた、母と息子の静かな時間だ。

ただ、それを楽しむ余裕は、残念ながら海里にはない。

夏神の、「ここにお前がおったら、無駄にでかい騒ぎになるやろが。逃げとけ」というのは実に正しい判断だとわかってはいる。しかし、敵前逃亡してしまったという悔しさのほうが勝って、海里はずっとみぞおちが疼《うず》くような思いをしていた。

『さて、次。今朝の「おはようモーニング!」にゲスト出演した小説家、淡海五朗先生が、新作「天を仰ぐ」について、爆弾発言をなさいました。そのときの映像がこちら!』

司会者が軽やかに口上を述べ、画面には、今朝、海里たちが見たテレビ番組の淡海のインタビュー映像が流れ始める。

「これね？　今朝、言ってくれたら見たのに」

「まさか、こんなことになるとは思わなかったんだよ」

海里はぶっきらぼうに言い返し、二人はしばらく無言で番組に集中する。

朝は生放送だったが、今は録画なので、画面編集が行われ、淡海の台詞《せりふ》の中で強調したい文句には、大きな色つきのテロップが添えられる。

久しぶりにテレビ画面に躍る「五十嵐カイリ」という自分の芸名に、海里は頭がクラクラして、思わず片手で額を支えた。

インタビュー映像が終わると、ゲストたちが、「五十嵐カイリ君てアレでしょー、今朝ドラの主役をやってる川越実結《かわごえみゆ》ちゃんに悪いことしたか、しようとした子でしょー」だの「ディッシーの子やんな？」だの「調子に乗った挙げ句、やらかして芸能界を追い出された子だね」だのと、好き放題なコメントを口にし始めた。

「ちょっと！　うちの子に何言ってくれてんのかしら！」

公恵は憤慨したが、海里は「しっ」と彼女を窘め、息を呑《の》んで画面を注視する。

カメラは再び男性司会者に向けられ、仕立てのいいスーツを着た彼は、芸能ニュース担当の女性記者に「それで、朝から今までに、どれくらいのネタを拾えたの？」と質問する。

少し濃すぎる化粧が気になる初老の女性記者は、「お任せください……と言いたいとする。

ころなんですがぁ」と、やや切れの悪い口調で、小さなデスクの上に大判のボードを立てた。

そこには、芸能人時代の茶色い髪をした海里の写真と共に、淡海、所属していた事務所社長兼マネージャーの大倉美和《おおくらみわ》、それに海里のスキャンダルの原因になった若手女優、川越実結の写真が貼り付けられている。

それを示しながら、女性記者は驚くほどの早口で喋《しゃべ》り始めた。

「五十嵐カイリさんの元事務所に電話取材を試みたんですが、社長の大倉さんは、『解雇したタレントについては関知しない』だそうです。淡海さんの新刊『天を仰ぐ』の出版元であるA社は、『弊社としても寝耳に水です。ドラマ化についてもまだ企画段階で、お話しできる決定事項は何もありません』とのことでした。川越実結さんの所属事務所は、ノーコメント、と……」

男性司会者は、大袈裟なアクションでずっこけてみせる。

「なんだよ〜。結局、収穫ゼロじゃないの。他にないの？」

「う一ん。というわけでですね、ただいま関西担当の取材班に、五十嵐カイリさんが芸能界引退後、住み込みで働いているという兵庫県芦屋市の定食屋に行ってもらいました！」

女性記者の言葉に、司会者は手を打つ。

「おっ！　ここはひとつ、本人に突撃取材ってことか！」

「……を、試みようと思っているんですが……現地の映像、見てみましょうか」

女性記者の手振りで、さっき淡海のインタビューが映っていたモニターに、見慣れた阪神芦屋駅から芦屋川にかけての美しい眺め、そして「ばんめし屋」の外観が映る。

どうにか平静を保とうとしていた海里の心臓が、ばくばくと全力疾走した直後のように激しく脈打ち始めた。

少しでも気持ちを落ち着けようと、彼は震える手で湯呑《ゆの》みを取り、緑茶を一口啜《すす》ってみた。いつでも上手にお茶を淹《い》れてくれる公恵なのに、少し冷めた緑茶は、驚くほど渋い。

終始落ちついた様子の公恵だが、それは海里を安心させるための必死の演技で、本当は彼に負けず劣らず動揺しているのだ。

それを悟って、海里は胸を抉《えぐ》られるような思いで湯呑みをテーブルに戻した。

店の引き戸は固く閉ざされ、その前に十人ほどのマイクを持った芸能記者たちが立っている。彼らの後ろには、脚立に乗ったカメラマンたちが、大きなカメラを肩に担いで待機していた。

その人混みから少し離れたところで、若い男性レポーターが関西訛《なま》りで話し始める。

「はい、こちら、五十嵐カイリさんが住み込みで働いている定食屋、『ばんめし屋』さんの前です。ただいま、扉は閉ざされていますが、そもそもこちらのお店、営業は夜だけということで、今は仕込み中と思われます。とはいえ、もう四時間待っておりますが、人の出入りはまったくありません」

司会者は、映像を見ながら現地レポーターに質問する。

「住み込みということは、五十嵐カイリさんは、現在、そのお店の二階に住んでいるということでしょうかね？　今もそちらにいらっしゃる？」

「いねえよ、ばーか」

海里は画面に向かって、小声で悪態をつく。

現地レポーターは、臨場感と緊迫感を出そうとしているのか、わざとらしく息を乱して答えた。

「我々、そう考えているんですが、わかりませんね。お店の近隣に住宅やお店がありませんので、普段の様子を伺うこともできません……あっ！」

話の途中で、レポーターは勢いよく振り返った。

「あ」

海里と公恵の声がシンクロする。

テレビカメラは、引き戸がガラリと開き、夏神が出てきたところを捉《とら》えていた。

「おっ、誰か、姿を見せたんじゃないの!?　五十嵐さん……じゃあ、ないね？」

男性司会者は声を弾ませ、現地レポーターは「取材してきます！」とカメラマンと共に店の入り口に駆けていった。

（夏神さん……！）

海里の腿《もも》の上に置かれた両の拳《こぶし》が、ギュッと握りしめられる。緊張を伝えるように、シャツの胸ポケットの中で、眼鏡姿のロイドが小さく震えるのがわかった。

外に出るなり、日光に眩《まぶ》しそうに目を細めた夏神は、店に立つときと同じ服装をしていた。

今日は臨時休業にすると言っていたので、仕込みをしているはずはない。となれば、その出《い》で立ちは、夏神の覚悟の表れなのだろうと、海里は唇を噛《か》んだ。姿勢を正し、背筋を伸ばして、画面を見つめる。

詰めかける記者たちや、突きつけられるマイクは、間違いなく、過去の記者会見のトラウマを夏神に思い起こさせているはずだ。

そのつらさ、苦しさを思うと、海里は胸が潰《つぶ》れるような思いだったが、当の夏神は、明らかに緊張してはいたが、毅然《きぜん》とした表情をしていた。

「あの、こちらのお店の方ですよね？　こちらに、五十嵐カイリさんは……」

夏神は、小さく息を吸うと、真正面のカメラを向いて答えた。

「自分は、五十嵐海里の雇用主です。今の彼については、自分が答えます」

大柄で強面《こわもて》な夏神に、怒りを押し殺した声でそう言われ、記者たちは気圧《けお》されて、最初の勢いを削《そ》がれてしまう。

だが、さっきのレポーターは、負けずに元気よく質問を繰り出した。

「では、五十嵐カイリさんは今、こちらにいらっしゃるんでしょうか？」

「今、うちの従業員かという質問やったら、そうです。今日は皆さんのせいで店は休みなんで、本人が休日にどうしてるかっちゅうんは、自分の知るところではありません」

おそらく、朝からずっと考え抜いた返答なのだろう。

当たり障りのない、それでいてきっぱりした拒絶に、レポーターはなおも食い下がる。

「今朝の淡海五朗先生の発言をご存じでしょうか？　新作小説のモデルが五十嵐さんで、さらにドラマ化の主演についても彼を予定しているというお話でしたが」

それも、予想範囲内の質問だったのだろう。夏神は、眼光鋭く記者を見据え、ハッキリと区切るように答えた。

「それは五十嵐の個人的なことなんで、自分の知ったことではないです」

「ですがご主人、そういうことになると、五十嵐さんはこの店をお辞めになるということに……」

「そのときは、本人から自分にきちんと話があると思います。それは彼と自分の間のことですから、皆さんには関係ありません」

「いや、でも、我々、五十嵐さんご本人から是非お話を……」

そうだそうだと、夏神を取り囲む記者たちも同意の声を上げる。

「しつこいわね！」

公恵は苛立《いらだ》った声を上げたが、海里は無言のままだった。

人の迷惑など顧みず押しかける記者たちには反吐《へど》が出るが、彼らの多くは、大手番組制作会社の下請けだ。手ぶらで帰っては親会社の人間に合わせる顔がなくて、彼らもまた必死なのだろう。

夏神は、厳しい面持ちのままでぐるりと一同を見回すと、むしろ静かにこう言い放った。

「ここは、自分の店です。皆さんがここに押しかけてきはる限り、相手をするんは、店の主《あるじ》である自分です。従業員を守るんも、店主の役目ですんで」

（夏神さん……！）

海里は、目の奥がジンと熱くなるのを感じていた。

半ば無理やりタクシーに押し込まれたとき、車内を覗《のぞ》き込んで夏神が言った、「心配せんでええ」という言葉が、耳に甦《よみがえ》る。

夏神は、身体を張って海里を庇《かば》い、記者たちにも、この映像を見ている海里にも、店の従業員でいる限り、海里は完全に守られた存在なのだと示してくれたのだ。

「夏神さんがあんな風に戦ってくれてるのに、当の俺は安全な場所に逃げて……」

思わず、そんな声が海里の口から漏れる。公恵がそれに何か言おうとしたとき、「はーい、そこ！　公道で何の騒ぎですか！」という威勢のいい声と共に、ひとりの男性が記者たちを両腕で乱暴に分けながら突っ込んで来る。

「あ」

海里の目がまん丸になった。

それは、芦屋警察署の仁木の相棒となった、竹中だった。

「芦屋署のもんです。ご近所から騒音と通行の邪魔ということで、苦情が入っております。すぐに解散してくださーい」

スーツの上から淡いカーキ色のミリタリージャケットを羽織った竹中は、慣れた様子で記者やカメラマンに退去を迫る。

警察を呼ばれるほど騒いだことを視聴者に知られるのは、番組的にも不都合なのだろう。現地の中継映像は、たちまち遮断された。

「そ、そういうわけで、ですねえ。五十嵐さんサイド、なかなかガードが堅いというか、口が重いというか……」

女性記者は、慌てて場つなぎのコメントを口にする。男性司会者も、残念そうに首を振った。

「まあねえ、五十嵐さんも、少なくとも今は一般人ですし、何よりまだ、淡海先生の独断って感じですからね」

女性記者は、ここぞとばかり勢いよく相づちを打つ。

「そう、そうなんですよ！　さらに、かつて五十嵐さんとドラマのお仕事を一緒にしたことのある監督さん数人に取材してみたんですが、皆さん口を揃えて、五十嵐さんはあのとおりルックスは申し分ないですが、演技力にはあまり恵まれていない印象がある……と仰《おっしゃ》るんですね。しかも今は芸能界引退状態で、けっこう長いブランクもある。発売前から話題沸騰の小説をドラマ化するのに、主役としてはいささか不安が……」

「ちょっと！　ほんとに腹が立つわね、この人たち」

公恵は立ち上がりこそしなかったものの、平手で自分の腿を強く叩《たた》いた。

普段は穏やかな公恵にしては、相当に興奮した反応である。

だが、海里は無言で、表情ひとつ変えずに画面を見つめたままだ。

「まっ、この件につきましてはね！　僕らまだ、実際の小説すら読んでないわけですし。焦りは禁物ということですかね。でも、水面下での取材、続けてくださいよ。こうなったら、続報もうちの局のスクープじゃないと示しがつかないからね！」

そんな男性司会者のフォローにもならない発言で、画面はコマーシャルに切り替わる。

それと同時に、テーブルの上に置かれていた公恵の携帯電話が、ピロピロと忙しく着信を報《しら》せ始めた。

「あらやだ。朝もこんなだったのよ。やっと落ちついたかと思ったら、また」

顰《しか》めっ面で二つ折りの携帯電話を開いた公恵は、はあ、と撫《な》で肩をさらに落として嘆息した。

「どうせ、どこかから連絡先を手に入れたテレビ局の人か、こんなときだけ友達面する知り合いよね。本当の友達は、心配していても、大変なときには遠慮して連絡してこないものよ」

投げやりにそう言うと、公恵は携帯電話の電源を落としてしまう。

海里は、そんな母親に頭を下げた。

「また迷惑かけちゃって、ごめんな」

すると公恵は、携帯電話をテーブルに戻し、軽く身体を海里のほうに向けた。

「何言ってんの。店長さんがあんたを守ってくださってるのに、家族が何もしないわけないでしょう。頼ってくれて、嬉しいのよ」

「だけどさ。俺さえいなければ、こういう目には……」

「こういう目じゃない。こういう経験。滅多にできないわよぉ。そもそも、元芸能人の母親になるのも、けっこう難しいじゃない？」

公恵は冗談めかしてそう言って笑った。その顔からは、番組を見る前には確かにあった緊迫感が既に消えている。

「お母さん……」

困惑して口ごもる海里の背中をするっと撫でて、公恵はこう言った。

「お昼休みに帰ってきた一憲たちの言ってたこと、忘れたわけじゃないでしょ？　私も同じ気持ちよ」

海里は何も言えず、二時間余り前の兄夫婦の言葉を思い出していた。

昼休みに戻ってきてくれた一憲と奈津に、海里は今と同じく、迷惑をかけていることを詫《わ》びた。

　すると一憲は、公恵が作った焼きそばを忙しく平らげつつ、にこりともせず言い放った。

「馬鹿者。弟を守るのは兄貴の役目だ」

　兄夫婦が食事をしているテーブルの向かいに突っ立って、海里は兄に言い返した。

「だって俺、もうガキじゃないんだよ？　一応、自分で稼いでる立派なオトナなのにさ、いつまでもこんなじゃ……」

　だが、一憲は、海里の話を乱暴に遮り、高飛車に言った。

「成人男性という意味では正しいが、立派にはほど遠かろう」

　厳しい正論に、さすがの海里も眉《まゆ》を逆立てる。

「そこ、そんなハッキリ言っちゃう⁉」

　だが、一憲は口いっぱいに焼きそばを頰張ったまま、モゴモゴと小さな声で言った。

「もうしばらく、立派でないお前でいてほしいんだ、俺が」

「は？」

　ポカンとする海里に、一憲の横で、これまた結構なスピードで焼きそばを食べていた奈津が、とうとう笑い出して口を挟んだ。

「一憲さんね、海里君が芸能界を追放されてここに逃げてきたとき、追い返したことを、ずーっと悔やんでるの。だから今回は、その埋め合わせがしたいのよ」

「おい、奈津。よけ」

「余計なことじゃないでしょ？　一憲さんが口下手だから、私が通訳してあげてるの」

ピシャリと言って夫を黙らせ、奈津は片目をつぶってみせた。

「私は前回のことは知らないけど、今回はフル参戦するわよぉ。姉として、可愛い義弟《おとうと》を守っちゃうんだから。そういうの、ずっと憧《あこが》れてたんだ～」

嬉《うれ》しそうに張り切る奈津を、兄弟は何とも言えない微妙な顔で見る。

ずっと施設育ちで、一憲と結婚するまで家族というものを知らなかった奈津にとっては、こんな事態まで、ファミリーイベントの一つとカウントされているらしい。

「普通の家庭では、こういうことは起こらんぞ、奈津」

渋い顔で窘《たしな》める一憲にも、奈津は笑顔で言い返す。

「あら、十分に普通でしょ？　家族の誰かがピンチのときは、他のメンバーがフルサポートするって」

「それはそうだが」

「だったらいいじゃない。とにかく、今夜は泊まっていきなさいよね。どうせ家に籠《こ》もりっきりになるんなら、家族みんなでパジャマパーティしましょう！」

一憲と海里を啞然《あぜん》とさせる、驚くほどポジティブな発言をして、奈津は、キッチンにいる公恵に「お義母《かあ》さん、美味《おい》しい！」と笑顔で声を掛けた……。

「そうだった。ありがたいな……。でも俺、やっぱきついよ。みんなが俺のために動いてくれてるのに、俺だけ何もしてない」

「何もしてないことはないでしょ」

「何もしてないよ！　だって今も」

「今は、我慢しているでしょう」

公恵は静かに言った。海里はハッとする。

「お母さん」

「以前のあんたには、できなかったことよ。モヤモヤするのはわかるけど、今、あんたが出て行っても話がややこしくなるだけって、わかってるんでしょ？　だから、我慢してる。何もしてなくはないわ。我慢できてる！」

「それは……うん」

海里は、もっそりと首を縦に振る。公恵は、そんな海里の頭を、幼い子供にするようにポンポンと軽く叩いた。

「ちゃんと、成長してるってことよ。この先、あんたの言葉を世間様に正しく聞いてもらえるときが来たら、そのときは、自分ひとりで頑張りなさい。今は潜んで、みんなに甘えていればいいの」

そう言うと、公恵はすっくと立ち上がった。海里はビックリして、母親の自分によく似た細い顔を見上げる。

頰に深いえくぼを刻んで、公恵は悪戯《いたずら》っぽい目つきで息子を見下ろし、こう言った。

「そうだわ。今夜はパジャマパーティだってなっちゃんが言ってたから、あり合わせでご馳走《ちそう》を作らなきゃ。あんた、やることがないなら手伝いなさい。定食屋のシェフの腕、見せてちょうだいよ」

「いや、俺、シェフじゃねえし。見習いだよ？」

「じゃあ、しょうがないわね。お母さんの助手にしてあげる。さ、行くわよ」

そう言うなり、公恵はキッチンへと振り返らず歩いて行く。

じっとしていると、とりとめもないことを考えて気に病んでしまう海里に、好きな料理で気を紛らわせてやろうという母親の気遣いを察し、海里の目がとうとう潤み始める。

『我が主《あるじ》。今は、泣くときではございますまい。できることがあるときは、泣かずにやらねば』

シャツの胸ポケットから、ロイドの優しい声が聞こえる。

「うるせえ。わかってるっつの」

照れ隠しの荒っぽい言葉を返し、海里はシャツの袖《そで》でぐいと涙を拭《ふ》いた。そして、「何でもやるけど、着替えがないからエプロン貸して」と言いながら、母親の後を追って、キッチンへ足を向けた……。

＊　　＊

コンコン……コンコン！

店のカウンター席に突っ伏していた夏神は、引き戸をノックする音に、むっくりと顔を上げた。

眠っていたわけではないが、力尽きて伏せていたところを邪魔されて、その顔は凶相レベルの渋面である。

一時間ほど前、仁木の新しい相棒と名乗る竹中という芦屋署の刑事が駆けつけてくれて、夏神は質問攻めの囲み取材からひとまず解放された。

話題が新鮮なうちに海里のコメントを取れず、しかも取材陣が近所迷惑をかけているさまが生放送で出てしまったので、記者たちも慎重にならざるを得ないようで、蜘蛛《くも》の子を散らすようにその場から逃げ去っていった。

「ほんまに通報が？　なんや、公私混同なアレやったら、仁木さんに申し訳ない」

竹中の簡単な自己紹介を聞いて、夏神はそう訝《いぶか》った。あるいは、別件で外出しているという仁木の差し金ではないかと思ったのだ。

しかし竹中は、やんちゃな笑顔で片手を振った。

「や、仁木さんは何も。ほんまに苦情入ったんですわ。ま、また何ぞあったら言うてください。市民の生活を守るんが生活安全課ですしね！　そこに公も私もないんで。あっ、なんや俺、かっこええこと言いました」

そう言って照れ笑いしながら、竹中は引き上げていった。

いつでも食事をご馳走するので、仁木と一緒に来てくれ、と言って竹中を見送り、しっかりと引き戸に鍵《かぎ》を掛けた途端、夏神は全身から力が抜けるのを感じた。

海里の手前、強がってみせたものの、どれほど自分が気を張っていたかを痛感する。

すぐさま二階へ上がって、茶の間で大の字になって眠ってしまいたかったが、記者たちが戻ってこないとも限らないし、中に入れないからといって、腹いせに店に何かいたずらをされても困る。

そこで、店内に留《とど》まって、疲労困憊《こんぱい》の心身を休めていたところだった。

「また、戻ってきよったか」

夏神は食いしばった歯の間から怒りの声を絞り出しつつ、ゆらりと立ち上がった。そして、大股《おおまた》に戸口に歩み寄り、鍵を開けると、荒々しく引き戸を開けた。

それと同時に「何の用や!」と腹の底からドスの利いた声を出す。

ところが……。

「キャッ!」

夏神の鼓膜を打ったのは、小さな、甲高い悲鳴だった。

予想に反して、女性の声である。

「あ?」

さっき来ていた取材陣に、女性の姿はなかったはずだ。

驚く夏神の前にいたのは、半歩後ずさった姿勢で硬直している、中年女性の姿だった。

中年といっても、肌の質感はよく見ればまだ若々しい。だが、長い髪をうなじできっちり結び、Vネックの丈の長いセーターに細身のスラックス、それにチェスターコートという大人しい服装と、落ちついた顔立ちのせいか、あるいは少し疲れた表情のせいか、パッと見の印象は四十前後といったところだ。

夏神の剣幕に口もきけなくなっているあたり、芸能記者ではなさそうである。

そう気付いた彼は、慌てて謝った。

「すんません。ちょっと、さっきまでうるさい連中が来とったもんで。失礼しました」

すると女性は、どうにか気持ちを落ち着けたらしく、胸元に右手を当てながらも、夏神に軽く頭を下げた。

「いいえ、こちらこそ、突然お邪魔致しまして。あの……今日はお店、お休みなんですか？」

いつもは「本日の日替わり」を書いて出すボードに、今日は「本日臨時休業」の文字があるのを見たのだろう。夏神は、うっそり頭を下げた。

「すんません。ちっと、取り込みまして」

「あら。仕込み中にご挨拶《あいさつ》だけでもと思ったもんですから。こちらこそ失礼しました」

柔らかな関西弁でそう言って、女性は夏神を見る。

「挨拶て……あの」

戸惑う夏神に、女性は美しい花模様の名刺入れを取り出し、中から和紙に印刷した名

刺を差し出した。

「昨夜《ゆうべ》お邪魔した、安原カンナの母でございます」

「……ああ！」

そこでようやく合点がいって、夏神は両手で名刺を受け取り、挨拶を返した。

「カンナちゃ……さんの。昨夜はご来店、ありがとうございました。すんません、俺、名刺は持ってへんのですけど、店主の夏神です」

名刺を見れば、「小料理たちばな　アシスタント　安原　茜《あかね》」と、いかにも和を感じさせる毛筆フォントで印刷されている。

夏神は、意外そうに目を見張り、女性……茜を見た。

「昨夜、お嬢さんが、お母さんは夜に仕事をしてはるて……小料理屋さんにお勤めでしたか」

夏神の同業者への敬意を込めた視線に、茜は恥ずかしそうに首を振った。

「昔、生け花教室で知り合った、年上のお友達のお店なんです。夙川《しゅくがわ》のほうでお店を開くとき、私が離婚して大変やろうからと、アシスタントとして雇ってくださったんです。それから、ずっと働かせてもらってます」

隣の市の名前を出して、茜はサラリと夏神が知らなかった情報を口にする。夏神が困惑していることを表情から察したのだろう。茜は、あ、と口元に手を当てた。

「離婚のことは、娘が話してませんでした？」

「そこまでは。その、うちの従業員には、お父さんが早うに亡くなったっちゅう話はしてはったようですが」

「すみません、個人的なことをペラペラと」

「ああいえ、こっちこそ、立ち話をさしてすいません。なんやったら、その、中へ入ってもろて」

「いいんですか？　お休みの日やのに」

「かまへんですよ。お茶くらいしか出せませんけど」

そう言ってぎこちない笑みを浮かべ、夏神は茜を店内へ誘い、灯《あか》りを点《つ》けた。

「どうぞ」

カウンター席を彼女に勧め、自分はカウンターの中に入って、水を入れたやかんを火にかける。

「ほしたら、お嬢さんはずっと晩飯を外で？」

夏神の問いかけに、コートも脱がないまま椅子に腰を下ろした茜は、日本画を思わせる顔に羞恥《しゅうち》の色を滲《にじ》ませた。

「いえ、最近までは、勤務時間を配慮していただいて、七時には上がらせていただいていたんです。でも先月、そのお友達が交通事故で入院してしまいまして」

「そら、またえらいことで」

戸棚から茶器を出しながら、夏神は太い眉《まゆ》をひそめた。沈痛な面持ちで、茜も頷《うなず》く。

「命の危機は脱したんですけれど、働けるようになるまでは、年単位で時間がかかるって話なんです。本人は、また店に立てる日を夢見て治療とリハビリに励むと言うてますので、ここは何としても私が店を守らなあかんと思い立ちました」

「ほな、今はおひとりで小料理屋を切り盛りすることになったんですか」

「はい。慣れた仕事やと高を括《くく》ってましたけれど、ひとりでやるとなると大変で。まだ要領が摑《つか》めないせいもあるんでしょうけど、バタバタなんです。今日も、仕込みの合間に伺いました」

「ああ、それは……お疲れさんです。そら、お嬢さんの晩飯の支度もおぼつかんでしょう」

茜は長い溜《た》め息《いき》をつき、頷いた。

「母親業より店を優先するなんて酷《ひど》い親ですけど、何としても店を潰《つぶ》したらあかんので、ここが頑張り処《どころ》なんです。カンナは、それをよく理解してくれている……と、思います。慣れるまでしばらくの我慢やからと言ったら、構わないと言ってくれました」

シュンシュンと沸いた湯を湯呑《ゆの》みに注いで少し冷ましてから急須《きゅうす》に注ぎ、夏神は気の毒そうに茜を見た。

「そらホンマに大変ですね。お嬢さんには、うちが気に入ったら、いつでも来てもろてください。そんで、その……不躾《ぶしつけ》なんですが」

「はい？」

「いや、さっきの話です。昨夜、お嬢さん、途中まで送っていったうちの従業員には、お父さんが六歳のときに亡くなったて言うてはったそうです。せやけど、さっきお母さんは、離婚て……」

「そのことなんですけど」

茜は意を決したように、夏神の顔をじっと見つめて言った。

「娘が昨夜、帰宅した私に、こちらのお店の話をしてくれました」

「何ぞ、不手際でも？」

「いいえ！　とても美味《おい》しいものをご馳走《ちそう》になったと。私も今朝、大学芋の残り、いただきました。凄《すご》い美味しくて、うちの店でも出したいなーて」

夏神はホッとして、頰を緩めた。

「あんなもんでよかったら、作り方、いつでも教えます」

「ほんまですか？　嬉《うれ》しいです」

パッと顔を輝かせた茜は、すぐに真顔に戻ってこう言った。

「あの……でも、娘がこうも言っていたんです。『あの店、幽霊に会えるって噂やったのに、あかんかったわ。店の人に笑われた』って。まだ子供で、友達のええかげんな作り話を真に受けたみたいで、申し訳ありません。酷いデタラメを言われて、気を悪くしはったんやないかと思いまして、心配でもう」

いいえ、この店には時々本当に幽霊が来ますので、とは言いかねて、夏神は「いや」と短く茜の懸念を打ち消す。

茜は、どこか息苦しそうにこう切り出した。

「あの子、父親の幽霊に会いたくて、こちらに伺ったんです」

夏神は、緑茶を湯呑みに注ぎ、茶托《ちゃたく》に載せて、カウンター越しに茜の前に置いてやった。

「俺は知りませんけど、送って行く途中で、うちの従業員がそれらしいことを聞いたと言うてました」

茜は頷き、お茶から立ち上る湯気を見ながら、ぽつりと言った。

「あの子、父親がどうして死んだんか、幽霊に……つまり、本人に訊《き》きたかったんです」

「と、いうと」

「私が、何度あの子に訊かれても、言うてへんのです。いえ、言われへんのです」

「それは……」

茜が極めて個人的なことを話そうとしているのに気付いて、夏神は口を引き結んだ。

本心を言えば、海里の一件でヘトヘトの今、赤の他人の重すぎる家庭事情など聞きたくない。だが、さっきうっかり話の糸口を与えてしまったのは自分だし、何より茜の目には、誰かに秘密の一端を打ち明け、楽になりたいというような必死の色があった。

やむなく夏神は、差し障りのないところだけ聞こうと、瞬《まばた》きで先を促した。

茜は夏神の顔から目をそらし、彼の背後に並ぶ鍋《なべ》を見ながら告白を続けた。

「実は、元夫……あの子にとっては父親ですけど、亡くなったのは、離婚訴訟の最中やったんです。それも自殺で……」

夏神は、素速く茜の話を遮った。

「お嬢さんは、どこまで知ってはるんですか？」

「父親が、自殺したことは知ってます。けど、それ以上のことは話してません」

「ほんなら、俺もそれ以上は、ちょっと」

何かの弾みで、要らんこと言うてしもたら困りますから、と低い声で付け加え、夏神は目を伏せた。

視界の端で、茜がますます恥じらって身体を小さくするのが見える。

「すいません。関係ない方に言うことやなかったです。けど、あの子が、幽霊に問い質《ただ》したいくらい、父親の死のことを知りたがって、思い詰めてたなんて昨夜まで私、知らんかったんです。どうしたらええかと……」

「それは、俺にはどうにも。せやけど」

「はい！」

救いを求める眼差《まなざ》しで、茜は夏神の顔を見上げる。夏神は閉口しつつも、正直な考えを口にした。

「お嬢さんが、ここでお父さんの幽霊に会《お》うて、詳しい事情を聞くことはあれへんと思います」

「それはそうですよね」

茜は少しガッカリした顔で相づちを打つ。この店に、本当に幽霊が訪れることを知らない彼女は、夏神が突然、真顔で馬鹿げたことを言い出したと思ったに違いない。

だが、夏神は真剣な面持ちで言葉を継いだ。

「せやけど、人は口さがないもんです。嫌な話ですけど、子供を傷つけて楽しみたい大人っちゅうんは、絶対どこにでもおるんです」

「それって、もしかして」

「近所の人やったり、事情を知っとる親戚《しんせき》やったり。いつかは誰かが、お嬢さんにお父さんの死の真相を、親切づらで教えてしまうかもしれません。そうでのうても、いつかは自分から調べて、知ることになるんと違いますか？」

茜は、細い眉をギュッとひそめ、つらそうな顔をする。気の毒に思いつつも、夏神はこう続けた。

「それでええ、そんときはもうしゃーないと諦《あきら》めるんか、自分がちゃんとどっかのタイミングできちんと話すんか、そこはお母さんの胸ひとつで決めることやと思います。他の誰にも、代わりに決められへんでしょう」

茜は、しばらく何も言わずに項垂《うなだ》れていた。夏神も、それ以上掛ける言葉が見つからず、自分の湯呑みにも出がらしのお茶を淹《い》れ、静かに啜《すす》る。

やがて勢いよく顔を上げた茜の顔には、ほんの少しではあるが明るさが見て取れた。

彼女はお茶を一口飲んでから、小さく笑って、夏神にまた頭を下げた。

「仰《おっしゃ》るとおりです。お礼を言いに来て、お話聞いてもらっとったら世話ないですやんね。ほんまに申し訳ないです。忘れてください。あ、でも、娘がほんまにようしていただいて、また伺いたいと言ってましたので、あとしばらく、こちらで晩ごはんを食べさしていただけませんか？」

夏神も、笑みを返して請け合う。

「いつでもがっつり食わせます。せやけど、帰りだけはタクシーを使わしてもろてもええですか？　いつもうちのもんが送っていけるとは限らんので」

「それは、ええ、勿論《もちろん》。ああ、でも今日も行きたいって言っていたので、あとでＬＩＮＥでお休みよって言っておきますね。じゃあ、私はこれで……あっ、これ、お口汚しですけれども」

席を立った茜は、隣の椅子に置いたまま忘れていたらしき紙袋から、白い紙箱を出して差し出してきた。

夏神は、困り顔で茜を見る。

「いや、お嬢さんからお代は頂いてるんで、こないなことをしてもらうわけには」

「いえ！　お店を見て、夏神さんにお目に掛かって、ここなら、娘を通わせても安心だと思えたんです。どうぞ、よろしくお願い致します。受け取ってもろたら、母親としては安心できます」

「はあ。ほんなら、お言葉に甘えまして」

恐縮しつつ、夏神は無骨に頭を下げ、両手で紙箱を受け取る。しっかりした紙箱だが、思いのほか軽い。

「明日《あした》からはちゃんと開けますんで、いつでも来てもろてください。ああ、せやけど本人にも言うたんですけど、なるたけ早い時間に。うち、五時過ぎから開けてますから」

「はい、そのように伝えます。ほんまによろしくお願い致します」

店を訪れてから、いったい何度、茜は夏神に頭を下げただろう。

最後に、これまででいちばん深く一礼すると、茜は店を出て行く。

「……どうも、お疲れさんです」

それ以外にかける言葉も見つからず、夏神は小脇に箱を抱えたまま、外まで茜を見送った。

そして、彼女の背中が、芦屋警察署の角を曲がって見えなくなってから、「今日はいったい、何やねんな。厄日か」とぼやきながら、店に戻っていったのだった。

四章　投げられた小石

その夜。

久しぶりに実家の広い風呂《ふろ》を堪能《たんのう》し、リビングルームの扉を開けた途端、海里の耳を打ったのは、奈津の明るい声だった。

「おっそーい！　もう、準備できちゃってるわよ」

そう言われて、海里はまだ湿った髪にバスタオルを引っかけたままで慌てて室内に入った。

なるほど、続き間のダイニングルームのテーブルには、既に家族が皆、着席している。

「えっ、兄ちゃんもう帰ってきてたのかよ。ゴメン。けど、バスタブで脚が伸ばせるから感動してさ。つい、ゆっくり浸《つ》かっちゃってた。あと、兄ちゃんのパジャマがでかすぎて、着るのに手間取った。パンツもゆるゆるで落ちそう」

弁解する海里が着ているまだ真新しいパジャマは、確かに肩があからさまに落ちているし、袖《そで》も裾《すそ》も大幅に折り返した、いわゆる「彼シャツ」状態だ。

「サッパリしたならよかったわ。さっ、座んなさい」

「ん。お待たせしまし……ブハッ」

空いた席に座ろうとした海里は、向かいを見て噴き出した。

海里より先に風呂を使った公恵と奈津がパジャマ姿なのはいいとして、彼が風呂に行くときにはまだ帰宅していなかった兄、一憲までが、しっかりパジャマを着込んで、真顔で座っていたのである。

「いきなり人を見て笑う奴があるか」

一憲は厳《いか》めしい顔をさらにしかめ、眼鏡越しに弟を睨《にら》んだが、その顔には怒りではなく、照れの表情が浮かんでいる。

「だ、だって」

「パジャマパーティだと言われたら、パジャマを着て臨むのが筋というものだろうが」

「そうだけど！ 兄ちゃん、そんなにつきあいよかったっけ」

「つきあいのよさの問題じゃない。ドレスコードの問題だ」

あくまでも四角四面の返答をしてから、一憲は海里の顔を見て、僅《わず》かに頬を緩めた。

「これまでは、失敗しても叱られてもすぐにヘラヘラするお前に腹が立ったものだが、今夜ばかりは、お前が笑っていてホッとしたな」

そんな兄の言葉に、まだ笑っていた海里はハッとする。

一憲は、突然の騒ぎにショックを受け、落ち込んでいるであろう弟を励まそうとしたのだろう。兄が不器用な気遣いでパジャマを着てくれたことに気づき、海里は声を詰まらせた。

「あの……その、何て言うか、俺」

「別に、お前がヘラヘラしているのが好きだというわけではないぞ」

照れ隠しにぶっきらぼうに言い放ち、一憲は公恵を見た。

「揃ったことだし、始めようか」

息子ふたりの微笑ましいやり取りをニコニコして見守っていた公恵は、「そうね」とビールの缶を取り上げた。

公恵と一憲、奈津、そして海里は、それぞれのグラスをビールで満たす。

グラスを持ったまま、奈津は小首を傾げた。

「何に乾杯する？　海里君がお泊まりなのは嬉《うれ》しいけど、原因はあんまり嬉しくない事件だし」

公恵も「そうねえ」と少し戸惑う様子を見せたが、一憲はきっぱりと言った。

「家族が顔を揃えたんだ。それだけで十分に乾杯すべきことだろう」

それを聞いて、女性二人の顔も明るくなる。一憲は、軽くグラスを掲げた。

「では、事情はどうあれ、乾杯」

簡素な音頭に従って、四人はグラスを合わせ、奈津いわくの「パジャマパーティ」を始めた。

「うわあ、ホントにパーティだ」

奈津は、テーブルの上に並ぶご馳走《ちそう》を見回して、子供のようにはしゃいだ声を出した。

「精いっぱいのご馳走だけど、何しろ買い物に出て記者さんに捕まったりしたら嫌だから、家にあるものしか使えなかったでしょう。海里とふたりで知恵を絞ったのよ」

公恵は楽しげにそう言った。

言われてみれば、唐揚げ、ポテトサラダ、グラタン、チキンのトマト煮、コロッケ、大根と揚げちりめんじゃこのサラダ、ちくわの磯辺揚げ、レンコンの挽肉《ひきにく》挟み焼き……料理はすべて、保存が利く、限られた食材で作れるものばかりだ。

海里が母親と一緒に台所に立つ機会は滅多にないので、二人ともけっこう本気になってしまい、ムキになってアイデアを出し合ったせいで、テーブルを埋め尽くすほどの品数になってしまった。

ビールを一口飲んでグラスをテーブルに置くなり、四人はそれぞれの皿にご馳走を自由に取り、食べ始めた。

海里が実家にいた頃、五十嵐家の食卓は、とにかく静かだった。あまり誰も喋《しゃべ》らず、ただ黙々と食べるのが常で、それは寡黙な一憲のせいだろうと、海里はずっと思ってきた。

だが、普段賑《にぎ》やかな奈津が家族に加わったところで、その習慣は変わらないようだ。

しかも、奈津が一憲や公恵に気を遣って黙っている様子はない。

(つまりうちって、めちゃくちゃ真剣に飯を食う家風だったのか)

今さらながらに実感しつつ、海里は大きなスフレ型で作ったグラタンを、自分の取り皿にたっぷり掬《すく》い取った。

レンジで加熱したカボチャを入れたために、うっすら黄色みがかったグラタンは、小麦粉にしっかり火をいれて作ったルーのおかげで滑らかな舌触りだ。塩加減も、我ながら上手《うま》くできた。

(他にできることもないから、とことん丁寧に作ったら、やっぱり旨《うま》いな)

しみじみとそんなことを思いながら、海里は共にテーブルを囲む三人の家族の顔を見回した。

(家族って……いいなあ)

そんな想いが、改めて胸にこみ上げる。

公恵は海里の気が紛れるようにと、何くれとなく話しかけ、一緒に料理を作ってくれた。いつも多忙な一憲と奈津も、海里を心配して、仕事を切り上げて早く帰宅してくれたに違いない。

皆、あからさまに海里を案じる言葉は口にせず、ただ海里の気持ちが上向くようにさりげなく振る舞ってくれている。

それが何よりありがたくて、気を抜くとこみ上げそうになる涙を、海里はぐっと押し戻した。

労《いたわ》られるがままに弱みを見せてしまっては、一方的に情けを受けるだけの人間になってしまう。たとえ強がりでも、三人にはそんなことはお見通しでも、守ってもらったおかげで元気でいられるというところを見せ、彼らの心遣いに対して感謝の気持ちを示したいと思ったからだ。

そんな海里のグラスにビールを注ぎ足しながら、一憲は訊《たず》ねた。

「今日は、店を臨時休業にして貰《もら》ったんだろう。粗飯とは言え、夏神さんとロイドさんもお招きすればよかったんじゃないのか？」

兄のもっともな疑問に、海里は半ば無意識に、パジャマの上着の胸ポケットに入れたセルロイドの眼鏡に布越しに触れながら答えた。

「お母さんもそう言ってくれたから、連絡してみたんだけどさ。ロイドは他に予定があるらしいし、夏神さんは、疲れたから寝るって。今日は、本来寝てる時間に、記者に対応してくれたから」

一憲は、難しい顔で頷《うなず》く。

「無理もない。落ちついたら、一度お店に伺わねばならんな」

「そんなのいいよ。俺がちゃんと……」

不満げに言い返す海里に皆まで言わせず、一憲はきっぱりと言った。

「別に、いつまでもお前の保護者面をしたいわけじゃない。だが、既に個人的に知っている人に、身内が迷惑をかけ、お世話にもなったんだ。家族を代表して、お詫《わ》びとお礼を申し上げるのは当たり前のことだろう」

「うう」

　相変わらず正論しか言わない兄に、海里は返す言葉もなく項垂《うなだ》れる。唐揚げを大きな口で頰張り、一憲はやはり厳しい面持ちのままでこう続けた。

「俺は、お前を今さら子供扱いするつもりはないぞ。だから、甘やかしてくれとお前が泣きついてきても、聞く耳は持たん。だが、泣きつかないのに甘やかされたときには、黙って受け入れればいいんだ」

「……は？」

　兄の言うことがすぐには理解できない海里に、奈津がサラリと通訳してやる。

「つまり、今回は、一憲さんが海里君のことを甘やかしたいんだから、好きにさせてくれって意味よ」

「おい、奈津、俺は何もそこまで」

「言いたいけど照れ臭くてそうは言えないんでしょ？　知ってる」

　渋い顔をする一憲に、奈津は涼しい顔で言ってのける。やり込められて黙り込む一憲の姿に、公恵も楽しそうに笑った。

『やはり、わたしはご遠慮申し上げて正解でございましたね』

　海里にしか聞こえない声で、ポケットの中のロイドが囁《ささや》きかけてくる。

　いつもなら、海里に誘われれば嬉々《きき》としてパーティに参加するはずのロイドが、今回ばかりは意固地なまでに辞退した理由が、今の海里には痛いほど理解できた。

原因はどうあれ、思いがけず訪れた「家族の時間」を十分に味わい、楽しみ、絆《きずな》を深めてほしい。

かつて、前の持ち主の家庭が、死亡や離別によりゆっくり崩れていくのをずっと見守ってきたロイドならではのそんな思いやりが、今さらながらに海里の胸を打つ。

（ありがとな）

心の中で感謝の言葉を告げ、海里はもう一度、胸ポケットを軽く叩《たた》いた。どういたしましてと言うように、ポケットの中で眼鏡が小さく震える。

そのとき、公恵が海里に問いかけた。

「それはそうと海里、あんた、いつまでいられるの？」

一憲と奈津も同じことを考えていたらしく、三人の視線がいっせいに海里に向けられる。

海里は、妙に緊張しながら、箸《はし》を置いて答えた。

「あ、いや、いつまでって、明日《あした》の朝に帰るよ。夏神さんにもそう言ってある」

すると皆、揃って意外そうな顔をした。いちばん心配そうに問いかけてきたのは、やはり奈津である。

「大丈夫なの？　私はテレビでしか見てないけど、芸能記者、お店にずいぶん押しかけてたじゃない。ここにも来たんでしょ？　明日だって同じように来るかもよ？」

公恵と一憲も、同じ懸念を目つきで表している。海里は、「大丈夫だよ」と、努めて

「ホントに？　今日、せっかくここで匿《かくま》ったのに、無駄になったら嫌よ？」

　平静に答えた。

「たぶん、大丈夫だよ。そりゃ、一人二人は店を張ってるかもしれないけど、いつまでも逃げてらんないし。店だって、二日も三日も休んでもらうわけにはいかないから」

「それはそうだけど」

「ちょっと待って。ほら」

　海里は、スマートフォンを取り出すと、SNSの画面を検索し、奈津に示した。

　そこには、今日の昼間のワイドショーの映像が一部、堂々と無断転載されていた。映っていたのは、ちょうど、「ばんめし屋」に押しかける記者たちを、芦屋署の刑事、竹中が「苦情が入った」と追い払っているところだ。

　奈津は、ポンと手を打った。

「それ、私も見た！　あー、なるほど。こんなことになってるんだ」

　SNSの画面には、「もう一般人に戻った元芸能人の職場に押しかけて、近所に迷惑をかけるなんて」「自分から何か発表するまで、そっとしておいてやれよ」などと、マスコミを批判するコメントが多数見受けられる。

　竹中のタイミングの良すぎる乱入が、本当に警察官の通常業務だったのか、あるいは仁木がこっそり仕組んだ海里たちへの援護射撃だったのかは、海里には知る由もない。

　だが、彼の登場は、明らかに世間のマスコミ批判を呼び起こしているようだ。

同じ画面を回し見した公恵と一憲も、愁眉《しゅうび》を僅《わず》かに開いた。

「なるほど。今は、インターネットで色々な情報が広まるからな。これは違法だが」

「インターネットは怖いとばかり思っていたけど、こんな風に味方してくれることもあるのね」

「まあ、善し悪しだけどね。世論がすぐ、いいように煽《あお》られちゃうわけだから。一歩間違うと、風向きがたちまち変わって、俺はまたボコボコにされちゃうかもしれないし」

醒《さ》めた口調でそう言うと、海里はスマートフォンの電源を落とし、テーブルの端に置いた。

「だが、海里。奈津が言うとおり、店で記者が待ち受けていたら……」

「そうだとしても、現時点で俺が言えるのは、『何も知りません』だもん。そう言うしかないよ。今日はともかく、この先もずっと逃げ回ってたら、いかにも何か隠してるみたいじゃん」

ぶっきらぼうに答える弟に、兄は意外そうに眉《まゆ》を上げた。

「何も知らない？　あの淡海五朗という作家先生とは、まだ話していないのか？」

海里はちょっと腹立たしげに即答した。

「話してないんじゃなくて、話せてない。LINEしても既読スルーだし、電話しても出ないし！　ガン無視されてんだよ、俺」

「無責任な人だな。顔なじみのお前や夏神さんに多大な迷惑をかけておいて、知らんぷりとは。小説家というのは皆、そんなに礼儀知らずなのか？」

一憲の痛烈な批判に、海里はむしろ痛そうな顔で曖昧《あいまい》に首を振る。

「淡海先生、いつもはあんな突拍子もないこと、しない人なんだよ。気を遣ってくれるし、優しいし、穏やかだし」

「とても穏やかとは言い難いやり口だったがな。気遣いなど、微塵《みじん》もなかったじゃないか」

弟を傷つけられたことに対する怒りで、一憲の舌鋒《ぜっぽう》はますます鋭くなる。

「ごめん」

シュンとして謝る海里に、一憲は面食らった様子で大きな口をへの字に曲げた。

「何故、お前が謝るんだ」

「や、何となく。俺、淡海先生のこと尊敬してたし、信じてたからさ。俺に人を見る目がなかったのがいけないかもって」

「そんなわけがあるか。今回のことは、作家先生の配慮に欠けたふるまいが原因だ。たとえ善意から出た発言だったとしてもな」

「……うん」

すっかりしょげて項垂れてしまった海里に、一憲はまだ怖い顔のままでいきなりこう言った。

「ところでお前、店でお客にこんな唐揚げを出しているんじゃあるまいな」

「えっ？　どうして？」

　海里はギョッとして顔を上げる。一憲は、唐揚げを箸でつまんで持ち上げた。

「味は悪くないが、油ぎれと、衣の歯触りが今一つだぞ。素人の仕事だ」

歯に衣着《きぬ》せぬ指摘に、海里は真顔で頭を抱えた。

「やっぱり!? 店で出したときは、下味が俺で、衣つけと揚げは夏神さんだったんだよね。ってことは、お客さんが美味《おい》しいって褒めてくれたのは……」

「間違いなく、夏神さんの腕のほうが九割だな」

「デスヨネー! 揚げながら、俺もなんか違うと思ったんだよ。くそ、やっぱ師匠には敵《かな》わないか!」

「当たり前だ。お前はそうやって、すぐ自分の実力を過信しようとするところが……」

一憲がいつもの調子で小言を言いかけたとき、海里のスマートフォンが賑《にぎ》やかに着信音を響かせた。

「あ、ゴメン」

何げなくスマートフォンを手にした海里は、顔色を変えて立ち上がった。

液晶画面に表示されていたのは、「淡海先生」の文字だったのである。

「悪い、ちょっと大事な電話」

その表情と口調から、相手が誰かはおおむね察しがついたのだろう。公恵は勿論《もちろん》、礼儀作法に厳しい一憲すらも、咎《とが》めはしなかった。奈津に至っては、「ぶっ飛ばしちゃえ」と言わんばかりに、シュッシュッとパンチを繰り出すボクサーのようなアクションをしてみせる。

それに苦笑いで応《こた》える余裕もなく、海里は通話ボタンを押して「もしもし」と言いながら、ダイニングルームを出た。

向かったのは、一階の玄関脇にある小部屋だった。

もともとここに住んでいた祖母が存命だった頃は、応接間として使われていた部屋だ。

だが、今では客人は皆、リビングルームに通してしまうので、この家をリフォームするとき、公恵がお茶やお花の稽古《けいこ》に使えるよう、和室に改造した。

さすがに炉までは切っていないが、小さな床の間は設《しつら》えてある。

海里が実家に宿泊するときは、いつもそこに布団一式を持ち込み、眠ることにしている。つまり、仮のマイルームといった趣だ。

部屋に入り、襖《ふすま》をしっかり閉めた海里は、公恵が既に敷いておいてくれた布団の上に胡座《あぐら》をかいた。室内には他に誰もいないので、ロイドも当たり前のような顔で姿を現し、スマートフォンに耳を寄せる。

スピーカーから聞こえてきたのは、いつもと少しも変わらない、淡海の飄々《ひょうひょう》とした声だった。

『や、すまなかったね。出版社やドラマ制作会社の人たちに入れ替わり立ち替わりこってり絞られていたものだから、なかなか連絡できなくて。今、いいかな？』

淡海に連絡がついたら、まずはストレートに怒ってみようと思っていたのに、彼の声があまりにも通常どおり過ぎて、海里は出鼻を挫《くじ》かれてしまった。

「い、いいっす」

応じる声が、自分でも滑稽《こっけい》なほど力を失っている。だが、それではいけないと、近づきすぎるロイドの額を指先で押しのけながら、海里は腹に力を入れた。

「いいですけど、あれ、どういうつもりだったんですか？　俺、何も聞いてなかったですよ」

それは、淡海のことをまだ信じている海里にとっての、精いっぱいの抗議の言葉だった。

それに対して、淡海はケロリとした調子で答えた。

『うん。わざと言ってなかったからね。誰にも』

「誰にも？　あ、だから、出版社や制作会社の人に怒られた……？」

『そうそう。五十嵐カイリの名前なんか、一度も出さなかったじゃないですか、何を勝手なことを独断で言ってるんですかって、みんなおかんむりだったなあ。でも、僕、知ってたからさ』

怒られて反省している気配は、淡海の声や口調からは微塵も感じられない。やや呆《あき》れつつ、海里は問いを重ねた。

「知ってたって、何をです？」

『出版社と制作会社が、ドラマ化企画を立てたときからもう、アイドル出身のイケメン俳優を主演に内定してたってことを。というか、彼ありきの企画なんだよ。彼に似合う原作として、僕の小説が青田買いされたってわけ。僕には内緒にしてたつもりみたいだけど、業界には口が軽い人が多いもんだから』

「……あー」

かつて身を置いていた業界では、あまりにもよく聞いた話だっただけに、海里は間の抜けた相づちを打つしかない。

『特にキャスティングには、色んな利害関係が働くだろ。原作者ごときが何を希望しても、特に主役の役者については通らないことのほうが遥《はる》かに多い』

「それは、まあ、たぶんそうなんだろうなって思いますけど」

『僕は君をモデルに小説を書いた。それは本当だし、君の人となりを好もしく思ってるのも本当だ。どうせなら、モデルである君にドラマ化の際は主役を務めてほしい。それも本心だよ。僕の発言には、何ひとつ嘘や誇張はなかった』

「うう」

『だけど、それを関係者に言ったところで効力がなさそうなら、マスコミの力を借りるのが手っ取り早いじゃないか。君をかつて芸能界から追い払ったマスコミに、今度は君を芸能界に連れ戻す手伝いをさせる。帳尻《ちょうじり》が合うでしょう』

淡海の説明は実に理路整然としていて、海里は思わず「なるほど」と言いかけ、慌てて片手で口を塞《ふさ》いだ。

目の前では、実際にロイドが「なるほど〜」と言ってしまっている。

『あれ、ロイドさんの声がする。君、今、どこにいるの？』

海里はムスッとして再びロイドの額を強めに指先でつっき、つっけんどんに答えた。

「実家っす。先生のせいで、店に記者が押しかけてきて、今日は臨時休業になったもんで」

『ああ、そのことだけは申し訳なかった。本当に。マスターには、後日、必ずお詫《わ》びに伺うよ。……それで、どうなの？』

淡海は単刀直入に問いかけてきた。

それが、何についての質問なのかは、問い返すまでもない。

海里は、困惑しつつも正直な疑念を口にした。

「どうなのって、俺、前にも言いましたよね。まだ、芸能界に戻る資格っていうか、準備ができてないって」

『それは聞いたけど、でも君、夏にササクラサケル氏の舞台に立ってから、ちょっと気持ちが変わったでしょう？　小説の取材で電話で何度か話しただけで、それはハッキリ感じたよ』

「それは……！」

『前よりずっと、芝居に対する熱い想いが戻ってきている。声の調子、言葉の端々にそれをハッキリ感じたからこそ、僕は今朝、君が芸能界に戻るための道筋を軽く示してみたんだ』

「海里様。そこはまず、ご厚意にお礼を申し上げるところでは？」

　ロイドは、気遣わしそうに囁《ささや》きかけてくる。海里はたちまち、ムスリとした顔になった。

「ロイドはお礼を言えって言ってますけど、俺にとってはありがた迷惑ですよ。準備ができてないっていうのに、そんな勝手なことされたって困るだけだし」

『じゃあその準備は、いつ、どうやったらできるの？』

「えっ？」

　鼻白む海里に、淡海は畳みかけるように淡々と問いを繰り出してくる。

『さあ、自分には芸能界に戻る準備が完璧《かんぺき》にできた、これから先は磐石《ばんじゃく》の役者人生を送れるなんて思える日が、本当に来ると思う？　そのとき、役者としての君が必要とされると思う？　芸能界は、そんなに都合よくできていないでしょう？　モタモタしていたら、君のことを覚えている人なんか、誰もいなくなるよ』

　自分の小説が何本かドラマ化され、映画のオリジナル脚本も最近は手がけている淡海なので、芸能界がどんなものかはそれなりに知っている。そんな彼の指摘は、実に的確かつ辛辣《しんらつ》だった。

　海里は、相づちすら打つことができず、唇を嚙《か》む。

淡海は、こじ開けた海里の心の隙間に杭《くい》を打つように、静かに言葉を継いだ。

『一時的に心が離れていても、君が復帰していい仕事をすれば、戻ってきてくれるファンはきっとたくさんいる。今ならね。ノンフィクションではないけれど、君のこれまでを大いに彷彿《ほうふつ》とさせる人物を演じることで、君もまた、共感を持って世間に受け入れられるだろう。自分で言うのも何だけど、芸能界復帰のきっかけとして、これ以上のチャンスはないと思うよ。……まあ、勿論《もちろん》、それを実現するためには、僕がさらに関係者に叱られながら、あちこちで我を通す発言を繰り返す必要があるだろうけど』

「先生……。そこまで俺のことを考えてくださったんですか」

淡海の話を聞いていると、彼の真心が伝わってくる気がして、海里の怒りも角が丸くなってくる。だが、海里が感謝の言葉を口にしようとしたそのとき、淡海は突然、声音を変えた。

『というところまでが、耳に聞こえがいい話』

「えっ？」

戸惑う海里をよそに、急に冷ややかな、よそよそしい調子で、淡海はこう言った。

『僕は今朝の爆弾発言を、君のためだけにしたわけじゃない』

「っていうと？」

淡海の発言にますます興味をそそられ、額が触れ合いそうな距離までロイドが顔を寄せてきたが、海里にはもう、それを咎《とが》める余裕がなくなっていた。

『今、ドラマの制作サイドが想定している俳優は、物凄《ものすご》い売れっ子だからね。彼が主役を演じれば、興行的な成功は間違いないだろう。だけど、それで賞賛されるのは、役者と制作陣だ。どうしても、原作者の影は薄くなる』

「まさか、淡海先生は、それが嫌で？」

『そう。本の売り方にしても、ドラマ化にしても、今回だけは僕がイニシアチブを取りたい。皆が忘れかけていた、スキャンダルで芸能界を追われた役者を、他でもない原作者の僕が再発見し、起用して、見事に甦《よみがえ》らせる。小説の登場人物そのままにね。凄い話題性だと思わないかい？』

いつの間にか、喉《のど》がカラカラに干上がっていた。海里は生唾《なまつば》をゴクリと呑《の》み、必死で頭を回転させて、言葉を絞り出す。

「つまり先生は、俺を利用したって……こと、ですか？」

『そうだよ』

あまりにもあっけらかんと、淡海は肯定する。

『君を想うあまりにあんな暴挙に出たと、みんなは感じただろうね。でもあれはとどのつまり、感じのいい売名行為って奴なんだ』

「感じのいい……売名行為？」

『不遇の人を応援するというのは、世間の不興を買わずに好感を持ってもらうための、有効な手法なんだ。ほら、僕は産みの親も育ての親も政治の世界に生きる人たちだからね。そのあたりのことは、よく知っているのさ』

「淡海先生……」

呆然《ぼうぜん》とする海里の耳元で、淡海が微《かす》かに笑う気配がした。

『あからさまに傷ついた声を出してるね。でも、考えてみてよ。そういうところ、君は確かに芝居があまり上手じゃないかもしれない。でも、考えてみてよ。僕の売名行為で君が得をするなら、それでよくないかな？　ＷＩＮ　ＷＩＮじゃないかい？』

「それは……でも、俺、淡海先生がそんなこと言う人だなんて」

『思いもしなかった？　五十嵐君、僕は小説家なんだよ？』

淡海の声には、おどけた調子の中にも、どこか苦い響きがある。それが気になって、海里は大きな衝撃を受けながらも、淡海の話を遮る気にはなれずにいた。

『小説家はね、完全に静止した風景は書けないんだ。たとえば花一本を描写するにしても、ほころんでいく蕾《つぼみ》、花びらを揺らす風、降り注ぐ陽射しや雨、花の奥に潜り込む蜂……必ず、何かが動いている。小説家は、何かしら変化を求め、その一瞬一瞬の変わりゆく姿を書き留めたい生き物なんだよ』

「それが、俺にどう関係してるんです？」

『今の君が置かれた状況は、凪《な》いだ湖のようだろう？　店でも家庭でも、日々は穏やかに流れ、人間関係は極めて良好。たとえ小さな波が立っても、すぐに収まってしまう。芝居に対する情熱は大きな流れをもたらしうるのに、今の君は、それを遠くでせき止めている』

「…………」

『僕はね、君を利用すると同時に、そうした凪いだ湖面に、石を投げ込みたかった。それによって生じた波紋が、君たちをどんな風に揺らすのか。それを見たいという好奇心を抑えきれなかった。結局のところ、今回の一件、最大の原動力は好奇心なんだよ、五十嵐君。それは小説家としての、僕の業《ごう》だ。認めるよ』

あまりにも正直に、淡々と、淡海は胸の内を打ち明ける。

言葉自体は平易でわかりやすいが、その内容がすぐには受け止めきれず、海里はただ、今の気持ちを正しく表せる言葉を探して、迷宮を彷徨《さまよ》っている心持ちだった。

そんな海里の気持ちは、手に取るようにわかるのだろう。淡海は、少ししんみりした声で言った。

『ガッカリさせ過ぎちゃったかな。ごめんよ。だけど、僕はそういう人間なんだ。僕の中の妹にも、今回の件ではずいぶん幻滅された。今朝からは、呼びかけても応えてくれないよ。もしかしたら、君よりも激しく、僕に腹を立てているかもしれない』

「純佳さんが……」

淡海をずっと案じ続け、死後も彼に寄り添い続けた妹が、今は魂の居場所でもある彼との対話を拒むというのは、余程のことだろう。

それすらも軽い調子で告白し、淡海は一つ静かな呼吸をしてから、再び言葉を発した。

『ねえ、五十嵐君。マスターの店で働き始めて、君は人間としてずいぶん救われただろう？　さらに先日のササクラサケル氏の舞台では、役者としての魂も、ほんの少し救われた。でもね、君は今、善良な人たち、優しい人たちに囲まれ、手篤《てあつ》く守られて生きているんだ』

言葉の刃《やいば》で無遠慮に海里の胸を抉《えぐ》っておきながら、今度は手のひらで優しく撫《な》でるような言葉を吐き出す。そんな淡海の真意が見えず、海里はひたすらに混乱してしまう。

それに構わず、淡海は告げた。

『君がもしそこを出て芸能界に戻れば、また君はひとりで戦わなきゃいけない。そこには、優しい人たちはもういない。いたとしても、マスターや君のご家族がしてくれるように、損得関係なく、身を捨てて君を守ってくれはしないだろう。芝居への情熱以外に、そういうことも考えてみたかい？』

「それは……」

意外な指摘に、海里は口ごもる。

『やっぱり、考えてなかったようだね。それじゃ、戻っても元の木阿弥《もくあみ》だよ。……いいかい、五十嵐君。僕は君に、純粋さを捨てろとは言わない。人を信じる心も大事だ。けれど、いつか役者に、芸能界に戻りたいなら、今の真っ直ぐな心を守れる強さと賢さを、君は身につけなきゃいけない。人の悪意に晒《さら》されても負けない強さ。陥れられても這《は》い上がるための賢さ。今の君に足りないのは、たぶんそうしたものだ。僕の言葉ごときでそんなにショックを受けていては、話にならないよ』

「淡海先生……」

いつしか淡海の声には、海里がよく知っている温《ぬく》もりが戻っている。

『実はね、『天を仰ぐ』の発売は、十二月二十八日にしたんだ。年末ギリギリだから出版社は渋ったけど、そこは希望を押し通した。何故だかわかるかい？』

「何故って……もしかして淡海先生、マスコミを避けるために？」

『そう。マスコミが年末年始の特番で忙しいときに本を出せば、正月明けまでは、君のことを追いかける余裕はないでしょう。だからその頃までに、腹を決めるといいよ』

「腹を決めるって、淡海先生の暴挙に乗っかって、芸能界に戻るとか、そういうことですか？」

『乗ろうが乗るまいが、それは君の勝手だ。僕はもう、君を利用し始めている。君の名前を出しただけで、たちまちネットで話題沸騰だからね。君が僕のオファーに乗ってくれても、蹴《け》ってくれても、話題性は十分に担保される。どちらでも、僕は損をしないよ。あとは君次第ってこと』

「でも、ドラマの制作会社に怒られたって。俺が蹴っても、主役に内定してた人、先生の希望とは違うってことがバレバレになっちゃってますよ？　それ、損なんじゃ？」

『こんな僕の心配を、まだしてくれるのかい？　君はお人好《よ》しだなあ。マスターに感化されすぎだよ』

可笑《おか》しそうにクスクス笑いながら、淡海は言った。

『大丈夫。イメージとは違ったけれど、彼がカメラの前に立った途端に、僕の胸に電流が走りました……とか言って持ち上げておけば、フォローは十二分にできる。そこは作家の力量って奴だよ』

「な……なるほど」

『発売日までは、もう余計なことを言わないと約束させられたからね。僕自身も、君の名前は自発的には出さない。訊《き》かれれば答えようと思うけれど、たぶん周囲が、マスコミにそんな質問を許さないだろうなあ。そんなわけでしばらく……そうだな、三週間ほどは時間的余裕があるから、じっくり考えてみてよ。君がどういう決断をしても、僕は歓迎するから』

何か言いたいことがあれば、いつでも電話して……と話を締め括《くく》って、海里の返事を待たず、淡海は通話を終えた。

ゆっくりとスマートフォンを耳から離し、海里は布団の上にあぐらをかいたまま、身体じゅうが空っぽになりそうな溜《た》め息《いき》をついた。

今朝からずっと続いていた憤りは、まだ海里の腹の底に渦巻いている。だが、淡海の真意を知り、今は大きすぎる困惑と、微妙な感謝の念がそこに加わった。

人を見る目に自信があるわけではないが、海里は、淡海が善悪いずれの面においても、演技をしているようには感じられなかった。

おそらく、海里の名前とこれまでの経緯を、売名とまでは言わずとも、自分の作品を思いどおりにプロデュースするために利用したというのは、本当なのだろう。

一方で、海里の将来を案じ、自分が与えられるときに大きなチャンスを与えてやろうというのも、本心から出た言葉だと思いたい。

そして、いずれにしても、海里がどのように動くか、それが周囲の人々にどんな影響を与えるかということに対する好奇心が抑えきれなかったというのも、また真実であるに違いない。

そうした複雑な想いを軽やかに打ち明けられて、海里の心は激しく波立っていた。

おそらくそれを会話から感じとって、淡海が大いに好奇心を満足させただろうと思うと腹立たしいが、彼の発言の中には、海里の抱える問題を鋭く指摘する言葉がちりばめられていたので、そこは素直に受け止めざるを得ず、思いが千々に乱れてしまう。

「淡海先生の言うとおりだ。俺、こっちに来て、裏表のない、優しい人たちばっかりに会ってきたから、なんかエッジが鈍くなってた」

ロイドは布団の上に両膝《りょうひざ》を抱えてちょこんと座り、不思議そうに首を傾げる。

「エッジ、でございますか？　角が取れてお人柄が丸くなったのでしたら、よいことなのでは？」

海里は苦笑いでかぶりを振った。

「どっちかってえと、感性が鈍ったって方向性。芸能界の連中に、さんざん酷《ひど》い目に遭わされたのに、馬鹿だよなあ。そこは、淡海先生の言うとおりだ。そもそも……」

海里は、布団の上にいったんは放り出したスマートフォンを再び取り、着信履歴をチェックしてみた。

通知を切り、敢《あ》えて見ないようにしていたが、俳優時代の仲間たちから数件、知り合いのプロデューサーや、小さな芸能事務所の社長らしき面識がない人々からも何件か、着信があった。

いずれも、海里がスキャンダルに巻き込まれたときや、実際に芸能界を追放されてからは、一度も連絡してこなかった連中ばかりだ。

淡海の言うとおり、著名な小説家の彼が「信じる」と一言言っただけで、海里の芸能界における価値が、早くも多少は戻りつつあるのが実感できて、海里は形のいい眉《まゆ》をギュッとひそめた。

「ったく、どうしようもねえ業界だよ」

そう言って、いずれの着信も無視してスマートフォンの電源を落とそうとした海里は、ハッとして手を止めた。

今日の夕方にただ一件、李英からメッセージが届いていたのである。

『大丈夫ですか？　僕としては、今回のお話で、先輩が戻ってきてくれたら凄《すご》く嬉《うれ》しいです。でも、関西にいるあいだ、お店に何度か伺ってからは、僕、前みたいに、先輩が役者に戻るのがいちばんいいとは言い切れなくなった気がします。夏神さんたちと一緒にいるときの先輩は、凄くいい顔をしてるから。あの、僕が先輩を待ってるって言ったことに、引きずられないでくださいね。どうか、自分のことだけ考えて、決断してください』

いつも生真面目で朴訥《ぼくとつ》な李英らしい、誠実な言葉が並んでいる。それを読んでいるうちに、淡海に翻弄《ほんろう》されて不安定になっていた心が、少しずつ宥《なだ》められていくように海里は感じた。

「俺のことだけ考えて、か。そういうわけにもいかねえだろ」

何度も液晶画面に映し出された文字を読み返しながら、海里はぽつりと呟《つぶや》く。ロイドは、不思議そうに主《あるじ》の青ざめた顔を覗《のぞ》き込んだ。

「何故でございます？　海里様のこれからの人生のことなのですから、海里様のお望みのままに」

「そうはいかねえだろ」

今度はもっとハッキリした声で言って、海里は眼鏡の付喪神《つくもがみ》を軽く睨《にら》んだ。その、いつもは涼しげな両目が、今は腫《は》れぼったく充血している。

「ですから、何故でございますか？」

「俺、ここに来たとき、夏神さんに命を助けてもらったんだぞ。お前だっている。現在進行形で迷惑をかけちゃってる家族もいる。李英もいる。美和さん……元がつくけど、所属事務所の社長だっている」

「それが？」

「俺が芸能界とかかわりを持つと、必ず弟分の李英と、美和さんのところに記者が行く。今は李英は東京で目立った仕事をしてないから大丈夫だけど、美和さんはさっそく食らってた。まあ、実際知らないから、知らぬ存ぜぬを通してくれてたけど」

「はい、わたしも拝見しておりましたよ？」

相変わらずキョトンとしているロイドに軽く焦《じ》れながらも、海里は根気強く説明を試みた。

「だからさ。俺の行動は、色んな人たちに影響を与えちゃうわけじゃん。だから、自分のことだけ考えるとか、無理だよ。みんなに迷惑かけないように色々考えて……」

「何を仰せになるかと思えば、海里様らしくもない、くだらないことを仰《おっしゃ》る」

そう言って無邪気に笑い出したロイドを、海里はさすがに苛《いら》立《だ》ちを露《あら》わに詰《なじ》る。

「何だよ、くだらないことって！　俺は、くだらないことにならないように、将来のことは、みんなのことも考えて決めなきゃって言ってんだぞ」

「それがくだらないと申し上げているのです」

「なんで！」

主に嚙《か》みつかれても、ロイドは少しも動じず、静かに言った。

「どなたにも影響が及ばない行動など、ございませんよ」

「は？」

「わたしには生物としての呼吸は必然ではございませんが、人間はそうはいきますまい。海里様がただ呼吸をしておられるだけで、地球上の酸素は少し減り、二酸化炭素は少し増えるのでございましょう？」

突然、とんでもなく根源的なことを言い出した眼鏡を、海里は目を白黒させて見返す。

「そりゃそうだけど、生き物は全員そうだって」

「だからでございます。ただ生きるのに必須《ひっす》の呼吸をするだけで、海里様は地球のありとあらゆる生物に既に影響を与えておいでなのですよ」

「ええー……」

戸惑う海里に、ロイドはニッコリ笑ってみせた。

「まして、何か仰ったり、何かなさったりすれば、それはいかに些細《ささい》なことであれ、必ずどなたかに影響を及ぼすことは必然。さような配慮は意味がございますまい」

いつもは子供のように振る舞うくせに、ときにこうして海里などは及びもつかないほど深みのあることを言い出すロイドを、海里は再び困惑の面持ちで見た。

「淡海先生だけだと思ったら、お前までそういうややこしいこと言い出すわけ？　じゃあ、俺が他人のことを気遣うの、全然無意味だってことかよ」

「そうは申しません。気遣い合うのは、生きとし生けるものの美しい振る舞いと感じます。ですが、どなたかに迷惑をかける、どなたかに負担をかけるという理由で夢や希望を摘み取り、選べるはずの人生の分岐点を閉ざすことは、決してよいこととは思いません」

「だから、それはどうして」

「ご自分が何かを諦《あきら》める理由を、ご自分の内ではなく、大切などなたかに見出《みいだ》してしまうからでございますよ」

「誰かに……」

「選ばなかった道は、実際に見ることがなかったがゆえに輝かしく思え、おそらくずっと後悔の種として心に残るのでございましょう。そして、その道を歩まなかった理由を、どなたかを気遣ったせいだと幾度となく苦く思い出す。それは果たして、幸せな、価値ある選択と言えましょうか」

ロイドはそう言って、海里をじっと見つめる。

この上なく真剣な顔つきで天井を仰ぎ、ロイドの言葉をしばらく嚙みしめていた海里は、やがて視線を戻し、こう言った。

「つまるところ、人のせいにすんなってことか」

「それでございます！」

ロイドはポンと手を打つ。

「たとえ、俺が決めたことで、誰かにすげえ迷惑がかかっても、それを背負えるだけの強い気持ちで決めろってことだな？」

「そのとおり」

「お前がややこしい言い方するから、理解に時間がかかった」

　照れ隠しにそんな不平を言いつつも、海里は感謝のこもった視線をロイドに向けた。

「確かに、お前の言うとおりだ。俺、自分が他人の踏み台にされたのが辛《つら》すぎて、誰かを踏みつけることがすげえ怖いんだ。でも……誰の心も踏んだことがない奴なんて、この世にはいないのかもな。それがわざとだろうと、そうでなかろうと」

　自分に言い聞かせるようにそう呟いて、海里は疲れ切った顔に、半ば無理やり笑みを浮かべた。

「けど、そうだな。本当に、命懸けでやりたいことなら、やるべきだと思ったことなら、何を犠牲にしても進むべきなのかもしれない。やっぱり俺、今は色んなことが足りないんだ。淡海先生の言うことは正しい」

　海里の言葉に、ロイドは優しい笑顔で頷《うなず》き、こう請け合った。

「本当にお心が定まったそのときは、思いのままにお進みください。ご迷惑をおかけした先には、誠心誠意、この眼鏡が海里様とご一緒にお詫《わ》びを申し上げますから。ご決意はおひとりでなさっていただかねばなりませんが、それ以外は、お寂しい思いは決してさせません」

　そんな頼もしくも優しい言葉に、せっかく作った海里の笑顔は、もろくも崩れていく。

「ったく。お前のそういうとこ、俺はホント苦手だよ」

「はて。優しさだけでできた発言だったと自負しているのですが」

「だから、そういうとこ」

悔しげにパジャマの袖《そで》で涙をゴシゴシと拭《ぬぐ》い、海里はそれでも正直に、泣き笑いの顔をロイドに向けた……。


その頃、臨時休業のはずの「ばんめし屋」には、煌々《こうこう》と明かりが灯《とも》っていた。

店の外には「本日臨時休業」と書かれたボードがかかっているし、のれんも出ていない。

だが夏神はカウンターの中におり、カウンター席には、たったひとり、客の姿があった。

安原カンナである。

午後八時を過ぎてひとりでやってきたカンナを追い返すわけにもいかず、ちょうど厨《ちゅう》房《ぼう》で自分の夕食を作りかけていた夏神は、やむなく彼女のために食事を作ることにしたのだった。

「それにしてもやな。もっと早うにおいでって言うたやろ。それに、昼間にお母さんが来はって、今日は臨時休業やってカンナさんにLINEするて言うてたで?」

カウンター越しに小言を言う夏神に、カンナは膨れっ面で言い返した。

「だって放課後、友達とマクドでクリパの相談しとったら、遅うなってしもてんもん。あれこれ検索しすぎて途中でスマフォの充電切れたから、LINE来ててもわからへん」

いかにも現代っ子らしい弁解に、夏神は苦笑いした。

「クリパて?」

「クリスマスパーティやん。お小遣い出しあって、カラオケボックスでパーティしようって言うてるねん。あと二週間したらクリスマスになってまうから、予約はよせんと」

「中一でカラオケボックスかいな! ええのんか、そないなとこ行って」

「友達のお姉ちゃんが大学生やから、保護者として付き合ってくれるねん」

それを聞いて、夏神は眉間《みけん》の縦皺《たてじわ》を消した。

「なるほど。せやったらまあ、ええんかな。そやけど、マクドに行ったんやったら、晩飯もそこで食うたらええやろ」

するとカンナは、心底呆《あき》れたと言いたげな胡乱《うろん》な目つきで夏神を見た。

「なんや、俺、変なこと言うたか?」

「言うた。みんな、お小遣いそんなにもろてへんもん。ドリンク一つずつと、あとはポテトのLを一つだけ頼んで、みんなで分けるねん。それでいっぱいいっぱいやし」

「せやから?」

「そんな中で、ママにお金貰《もら》ってるからって、私だけガッツリ食べたら、みんな気ぃ悪いやん。仲間はずれにされるわ」

「そんなしょーもないことでか」

「しょーもなくない! そうでなくても私、パパがいてへんから、みんなと違うし」

叩《たた》きつけるようなカンナの物言いに、夏神はハッとする。

「その上、ママが夜に仕事で忙しいとか友達に知れたら、友達のママたちになんや家庭環境が悪いとか思われて、つきあうのやめなさいとか言われるねんで？」

「そら、考えすぎと違うんか？」

「私立の女子校て、そういうとこあんねん。ママが、自分の母校やからって無理して入れてくれたんはええけど、女社会の付き合い、難しいわ」

やけに大人びた愚痴をこぼし、カンナは大袈裟《おおげさ》に溜《た》め息《いき》をついてみせる。

この年頃の少女の扱いに慣れていない夏神は、早くもいささか挙動不審になりつつ、彼女の前に、作りたての料理を置いた。

「イガが……うちの若いのがおったら、もっと若い子が好きそうな小洒落《こじゃれ》た料理を作るんやろけど、俺はおっさんやからな。まあ、気に入ったら食うてくれ。今日は店の料理と違うから、金は取れん。俺の奢《おご》りや」

カンナの前にあるのは、縁に軽い立ち上がりのある平皿だ。

そこに盛りつけられているのは、ハムと白ネギ、それに玉子で作った、シンプルな焼き飯だった。

カンナは目を輝かせる。

「チャーハン！」

「チャーハンっちゅうか、焼き飯や」

「どう違うの？」

「まあ、ほとんど同じやけどな。世間的には、玉子を先に炒《いた》めるんがチャーハン、後から入れるんが焼き飯らしいで？」

「じゃあ、これ、玉子を後から入れたんや？」

「せや。簡単なもんで悪いけど」

「チャーハン的なもんは好きやから、ええよ」

鷹揚《おうよう》にそう言って、カンナはそれでも行儀よく「いただきます」と挨拶《あいさつ》してから、夏神が差し出したれんげを受け取った。

「よろしゅうおあがり」

店の客ではなく、個人的な客人に対しての挨拶を返し、夏神は美味《おい》しそうに焼き飯を頬張るカンナをじっと観察した。

昼間の騒ぎを、カンナは知らないようだ。考えてみれば、五十嵐カイリの活躍していた朝の情報番組の時間帯には、彼女は小学校に登校していただろう。

中学一年生の女子たちは、五十嵐カイリのことなど知らないのかもしれない。

内心、安堵《あんど》しつつ、夏神は「俺も食わしてもらうわな」と声を掛け、立ったまま焼き飯を口にした。

「まずまずの出来やな」

「そやね」

クールに言うわりに、カンナの焼き飯を口に運ぶ手は止まらない。

夏神は苦笑いしながら、カンナに話しかけた。

「お母さんが、上等なお菓子を持ってきてくれはったで。フロインドリーブの、中ミミとクッキーの詰め合わせ。えらい豪勢な奴や」

カンナは、上目遣いで夏神を見る。マッシュルームカットのサラリとした髪に、少しだけ寝癖がついたままなのが可愛らしい。まだ、お洒落にはさほど興味がないのかもしれない。

「それで、焼き飯をサービスしてくれたん？」

「そういうわけやないけど。お母さんとは、仲良うやってんのんか？」

あまり客の個人的なことに立ち入りたくはないと思う夏神だが、さすがに年頃の少女となると、心配でつい、そんな質問が口をついて出てしまう。

カンナは特に躊躇《ちゅうちょ》なく頷いた。

「普通」

「普通か。上々っちゅうこっちゃな」

そう言っていかつい顔をほころばせてから、夏神は躊躇《ためら》いがちに二つ目の問いを口にした。

「その……こないだうちの若いのに、この店で、お父さんの幽霊に会えるかと期待しとったんやって言うたんやってな？」

するとカンナは、今度は決まり悪そうに頷いた。夏神も、鈍い口調でさらに問いを重ねる。

「その……何や、お父さんは、カンナさんが幾つんときに……」

「カンナさんって！　さっきからカンナさんって！　おじさんが！　うける！」

真面目な話をしようとしているときにカンナに笑われて、夏神はムッとした顔をする。

「ほな、何て呼んだらええねんな。ちゃん付けはセクハラみたいやろが」

「タメで喋《しゃべ》っとるんやし、カンナでええよ」

「そういうわけにはいかん。余所《よそ》さんのお嬢さんやからな」

「ええー。めんどい。じゃあまあ、カンナさんでもええわ。ちょいキモイけど」

そう言って、また焼き飯を大きな口を開けて頬張り、カンナはモゴモゴした口調で無《む》頓着《とんちゃく》に言った。

「パパは、私が六歳のときに、死んだん」

「……その、ご病気か何かか？」

「知らん」

実に明瞭《めいりょう》なカンナの返答に、夏神は困り顔になる。

「知らんて」

「だってもう、パパと一緒に住んでへんかってんもん。パパとママが離婚することになって、別々に住んでたときやから」

それ以上踏み込んではいけないと、夏神の心の中で自分自身がブレーキを掛けていたが、目の前のカンナは、むしろ話したそうな顔をしている。

話を振ったのは自分のほうなので、夏神は半ば諦《あきら》めの心境で訊《たず》ねた。

「ほな、カンナさんはお母さんと住んどったんか」

カンナは頷《うなず》く。

「最初は違ったんやけど」

「っちゅうと？」

「最初、私、パパが好きやったから、パパについていってん。けど、ちょっとしたらママんとこ行かなあかんって言われて、嫌やって言うた気はするけど、子供やもん。しゃーないやん？」

「ま、まあ……そうなんかな」

ここに海里が居あわせたら、きっと噴き出していただろう。夏神は、マゴマゴしながら、かろうじて曖昧《あいまい》な相づちを打つ。

むしろカンナのほうが、妙に冷静に話を続けた。

「ママに、パパが死んだって言われたん、クリスマスイブの日ぃやってん」

「よう覚えてんな」

「目の前に、フライドチキンとクリスマスケーキがあったから。なんでそんなタイミングで言うかなーて思うやん？」

そう言ってカンナはカラリと笑おうとしたが、見事に失敗した。まだ幼さを多分に残したつるりとした頬が、夏神の目の前でクシャッと歪《ゆが》む。

「だ、大丈夫か」

たちまち慌てる夏神の前で、カンナのぱっちりした両目に、みるみるうちに涙が盛り上がった。

「なんで？　って訊《き》いたら、自殺やって。けど、なんで自殺したん？　って何度訊いても、ママは教えてくれへんねん」

「……ああ」

夏神は、溜め息交じりに低い声で呻《うめ》いた。

昼間、彼女の母親、茜が言っていたとおりだ。カンナは、父親が自殺したことは知っているが、その理由は知らないままでいる。

「パパ、ママんとこに行く日、お別れする前に、クリスマスイブにはプレゼント持って来てくれるって約束したのに。なんでイブの日に死んだんやろ。なんで、私との約束破ったんやろ。ずーっとわからへん」

夏神が差し出したおしぼりで目元を押さえたまま、カンナは涙声でそう言った。

「そやったんか。イブに会う約束が、果たされへんかったんやな」

おしぼりを離さず、カンナはこっくり頷く。

「私が悪いんかなって、ずっと」

それを聞いて、夏神は何となく持ったままだったれんげを調理台の上に放り出し、カウンターに両手をついて身を乗り出した。

「そんなわけがあるかいな」

すると、カンナはようやくおしぼりを離し、真っ赤な目で夏神を見た。

「けど……私、パパにワガママ言うたから」

「どないな？」

「クリスマスプレゼントは何がええ？　って訊かれて、パパがええって言うたん。パパとママが仲直りしてくれたらいちばん嬉《うれ》しいけど、それが無理やったら、パパがええ。パパと一緒にいたいって。パパ、凄《すご》い困った顔してたと思うけど、頑張るわって言うてくれたん。そやのに自殺したってことは……」

ひとつ大きくしゃくり上げ、胸に片手を当てて必死で呼吸を整えながら、カンナは蚊の鳴くような声で言った。

「パパを私にくれたくなかったってことやん？　私のこと、そないに嫌やったんかなって、ずっと思ってた。けどパパの話をしたら、ママは機嫌悪うなったり泣いたりするから、言われへんかってん。ずっと、隠れてしんどかってん」

そう言い終わるが早いか、カンナは、うわあああん、と大きな声を上げて、本格的に泣き始めた。

ただでさえどう扱えばいいかわからないティーンエイジャーの少女が、目の前で大泣きしている。その現状に途方に暮れた夏神もまた、泣きたいほど狼狽《ろうばい》しながら、ただただ、カンナが泣き止むのを棒立ちで待ったのだった……。

五章　いつも傍に

夏神の前で大泣きした夜以来、カンナは店が休みの週末を除いて毎晩、「ばんめし屋」を訪れるようになった。

夏神の言いつけを守り、部活のない日は午後五時過ぎ、ある日でも午後七時までにはやってきて、食後は海里かロイドにすぐ近くの阪神芦屋駅まで送ってもらい、そこでタクシーに乗って安全に帰宅する。

そんなパターンが、あっという間に定着した。

無論、カンナの目的は夕食を摂《と》ることだが、もう一つ、亡き父の思い出話をするという楽しみも生まれたようだった。

家庭では、シングルマザーとして奮闘する母親を気遣い、カンナは亡き父親について語ることも、ずっと心に引っかかっていた彼の自殺の原因について問い質《ただ》すことも我慢してきた。

学校でも、「父親のいない、母親が夜に働いている普通でない家の子」だと知られるのが嫌で、他の子に同調しつつ、あまり家庭の話をしないよう努力しているらしい。

きっと、これまでずっとそんなふうにして、カンナは人知れず、小さな胸に密《ひそ》かに苦しみと寂しさを溜《た》め込んできたのだろう。

夏神の前で、父親のことを話しながら存分に泣いたことで、これまで固く閉ざしていた心の留め金が外れたのかもしれない。

あの日以来、夏神だけでなく、実家から戻ってきた海里とロイドの前でも、彼女は時々、父親のことを口にするようになっていた。

そして、十二月も半ばを過ぎたある夜。

「ほい、今日の美味《おい》しい美味しい小鉢は、じゃじゃーん、きんぴら！」

海里がカウンター越しに置いた白い小鉢の中身をひと目見るなり、カンナは驚いた猫さながらにのけぞり、「ギャッ」と小さな悲鳴を上げた。

「これ、きんぴら違うやん！　ピーマンやん！」

海里はカウンターに両腕を置いて軽く身を乗り出し、ニヤッとした。

「千切りにしたもんを油で炒《いた》めて、甘塩《じょ》っぱいピリ辛味に仕上げたら、それは何でもきんぴら。だから、ピーマンもきんぴらになるよ」

「えー！　でも、ピーマン嫌いって前に言うたのに！」

「嫌いなもんは少ないほうがええ。こないだ、ピーマンの肉詰めは食えたやないか」

「そうそう、あまりにも食べっぷりが見事だと、お隣の方からひとつお裾《すそ》分けまで貰《もら》っていらっしゃいましたね」

フライパンで鶏挽肉《とりひき》を炒めている夏神と、青ネギをキッチン鋏《ばさみ》でチョキチョキと刻んでいるロイドまで、会話に加わってくる。

カンナは卵形の顔を羞恥《しゅうち》で赤くしながら、三人を相手に元気よく言い返した。

「肉と一緒やったし、ケチャップ味やったし、あれはピーマンの味がそこそこ消えてたから食べられたんやんか。これは百パー、ピーマンやもん。無理！」

「無理やない。アレルギーやったら絶対食うたらアカンけど、そうやないねんから、まずは一口、食うてみ」

先日、ピーマンの肉詰めを旨《うま》い旨いと食べてしまったので、ピーマンにアレルギーを持っていないことは自明の理である。それでも、カンナはいかにも嫌そうにピーマンのきんぴらを見下ろした。

「パパは、嫌いなもんは食べんでもええって言うてた。世の中には、同じ栄養分の食べ物が、他にもいっぱいあるやろからって！」

「そらそうや。せやけど、食えへんもんは、できたら少ないほうがええと思うで」

「なんで？」

「考えてもみい。カンナさんが年頃になって、好きな人が出来たとせえ。その人が手料理を振る舞ってくれたら、嬉しいやろが」

「そりゃ、うん」

「そんときに、作ってくれたとっておきの得意料理がピーマンのきんぴらやったら、どないすんねん。そんなん食われへん！　って言えるか？」

「うっ」

「食うて嫌やったら、そんときは残したらええ。飯は美味しく食うてほしいからな。せやけど、ちっこい一口くらいは試してみ」

「……ほんじゃ、ちょっとだけ」

夏神に重ねて諭され、カンナはようやく箸《はし》を取り、いかにもいやいや、ピーマンのきんぴらをたった一本つまみ上げ、勢いをつけて口に放り込んだ。

ゆっくりと咀嚼《そしゃく》する顰《しか》めっ面は、まるで毒でも味わっているようだ。

しかし、ゴクリときんぴらを飲み下す頃には、カンナの繊細な顔には、むしろ驚きの表情が浮かんでいた。

「これ、ほんまにピーマン？　苦くないし、臭くない」

「ピーマンはさ、最初に油でしっかり炒めると、青臭い感じがかなり消えるんだ。俺も、最初に食ったときは、ピーマンオンリーなのにこの味？　って思ったよ」

きんぴらを作った海里は、嬉しそうに説明した。へえ、と軽く頷《うなず》きながら、カンナは今度は何本も一度に取って口に運ぶ。

美味しいという言葉はないが、その行動は言葉より雄弁な賛辞である。

「これ、ご飯にいっぱいのっけて食べたいわ」

「イガ、先に飯と味噌《みそ》汁出したれ」

「了解」

海里は笑顔で踵《きびす》を返すと、すぐにお茶碗《ちゃわん》に気前よくご飯をよそい、赤だしと共にカンナの前に置いた。

「どっさり載っけて食ってよ。気に入ってもらえてよかった、俺の自信作だから」

「ただ、油で炒めてるだけ？　味付けは？」

さっそくご飯にピーマンのきんぴらを載せて頬張り、カンナはニッコリした。海里は得意げにレシピを教える。

「味付けは、薄口醤油《しょうゆ》とみりんと砂糖ちょっぴり、あとは一味唐辛子をぱっぱ。あと仕上げに、すりごまをたっぷり」

「そんだけ？」

「それだけ」

「ええー？　そんなんで、ほんまにピーマン美味しくなる？」

疑惑の目を向けてくるカンナに、海里はえっへんとエプロンの胸を張った。

「なる！　つかね、ピーマンはもともとそんなにまずくないよ」

「嘘やん。パパも嫌いやって言うてたよ」

「ピーマン嫌いなDNAを受け継いじゃったのかよ～。でも、もうそのDNAは機能停止だな」

海里は笑いながら、きんぴらをサービスでもう少し、カンナの小鉢に足してやる。

四人のやり取りに、テーブル席に居あわせた他の客たちも、面白がってあれこれ言い始める。

「あるある。俺なんか、人参嫌いなDNAを親から受け継いでしもた」

「俺は……せやなー、ステーキ大好きな遺伝子を受け継いだかな」

「そんな贅沢《ぜいたく》なDNAあるかぁ」

一気に賑《にぎ》やかになった店内の空気を楽しみつつ、夏神は仕上げた料理を深皿に盛りつけた。

それを受け取った海里が、ロイドが刻んだばかりの青ネギを仕上げに散らして、カンナの前に置く。

「本日のメイン、和風麻婆《マーボー》豆腐でっす。山椒《さんしょう》をかけてもいいんだけど、かける？」

「要らない。山椒、漢方みたいな匂いするし。っていうか、これ、麻婆豆腐なん？」

カンナの疑問はもっともだった。

深皿で盛大に湯気を立てている料理は、確かに豆腐と挽肉、それに白ネギを炒め合わせ、とろみのついた汁でまとめた料理ではあるが、麻婆豆腐といえば思い浮かべる、唐辛子の鮮やかな赤は、どこにも見当たらない。むしろ、全体的に白っぽく、立ち上る香りも極めて優しい。

「せやから、『和風』麻婆豆腐や。鶏挽肉と絹ごし豆腐に和の出汁《だし》で仕上げとる。からいもんが苦手なお客さんも多いからな」

夏神は愛用の中華鍋《なべ》を湯でざっと洗いながら答えた。

「ふうん」

今一つ納得がいかない様子ながらも、カンナはれんげにたっぷり麻婆豆腐を掬《すく》い取ると、十分に吹き冷ましてから、慎重に口を付けた。

「ん！　麻婆かどうかはわかんないけど、美味しい！　これもご飯にかけたい！」

「かけたらええよ」

「ほんまにええの？　ママはそういうん、行儀が悪いって言うねんけど」

「せやろか。飯におかずを載っけたりかけたりして食うたら、旨いと思うけどな」

「私もそう思う」

「ほな、この店でだけは存分にやったらええやないか」

夏神はそう言って、不格好かつまったく不完全なウインクをしてみせる。

「そうやんね。じゃあ、おかわり！」

ピーマンのきんぴらと和風麻婆豆腐の相乗効果で、いつも以上にご飯が進んでしまったらしい。元気よく突き出された茶碗を受け取り、夏神は相好を崩した。

「ようけ食べ。今日は部活があってんやろ？　ええと……何部やったっけ」

「華道部」

「そやそや、花やった。毎度、違う花を生けるんやろ？　楽しゅうてええな」

夏神はそう言いながら、ご飯を大盛りにした茶碗をカンナに手渡す。

カンナは両手でそれを受け取り、店内を見回した。

「そういえばこの店、花があれへんね。今度、部活で生けた後の花、持って来てあげようか？」

その申し出には、夏神より先に、ロイドが嬉《うれ》しそうに飛びついた。

「それは嬉しゅうございますね！　プロが生けたお花があれば、きっとお店が華やかになります」

「プロ違うし」

はにかむカンナに、ロイドはなおも言い募る。

「いいえ、先生にきちんとお習いになっているのですから、わたしたちよりは遥《はる》かにプロフェッショナルでいらっしゃいますよ」

海里も笑顔でロイドに同意した。

「そうだよ。俺らなんか、花瓶に突っ込むしかできないもん。そうだ、いっそ、店の花を担当してくれりゃいいじゃん？　花代くらいは、夏神さんが出すよな？」

「おい、イガ、ロイド。お客さんに、そない厚かましいこと言うもんやない」

夏神は二人をやんわり窘《たしな》めたが、カンナは「別に厚かましくはないけど」と言いつつ、ちょっと寂しげな顔をした。

「お花担当にはなられへんわ。もうすぐ、ここには来られへんようになるから」

「そうなのでございますか？」

酷《ひど》くガッカリした様子のロイドに、カンナはすまなそうに言った。

「ママが今はひとりでやってるお店、知り合いの料理人さんが助っ人に来てくれはることになったんやって。だから、もうすぐその人に遅い時間帯は任せて、前みたいに早く帰れるようになるって言うてた」

「おや。それでは、お母様とお家《うち》で夕食をご一緒できるようになるということでございますか。それでしたら、お喜び申し上げねばなりませんね」

ロイドは微笑んだが、カンナはなおも残念そうに言った。

「ママが早く帰れるんは嬉しいし、ママのご飯は美味《おい》しいけど、ここのご飯も美味しいし、パパの話もできるから……ちょっと残念かもしれへん」

それを聞いて、ロイドはもの言いたげに海里を見た。海里はまるでバトンを繋《つな》ぐように、夏神を見る。二人分の視線に背中を押され、夏神は遠慮がちにこう言った。

「お父さんの話は、お母さんとしたらええ」

すると、麻婆豆腐をご飯が見えなくなるほどかけ、れんげで軽く馴染《なじ》ませながら、カンナは力なく答えた。

「言うたやん。ママは、パパの話はあんましたがらへんって」

「……ああ」

夏神は曖昧《あいまい》な相づちを打ちながら、カンナの母親、茜が店に来たときのことを思い出していた。

（そう言うたら、旦那《だんな》さんの自殺の真相を、カンナさんによう打ち明けんて言うてはったな）

「パパが死んだとき、ママとパパは離婚の手続きをしてたんやもん。ママはパパのこと、嫌いに決まってるやん？　嫌いな人の話は、家でしたくないやろなって思う」

カンナはつまらなそうにそう言った。夏神は、いかつい顔全体で困りながらも、考え考え、疑問を投げかけた。

「お母さんが、そう言わはったわけと違うやろ？」

「そうやけど……。話したがらへんって、そういうことと違うん？　嫌がられながらママと話すより、ここでパパのこと話すほうが、気が楽やもん」

ロイドと海里の気遣わしげな視線を感じつつ、夏神は正しい言葉を探しながら口を開いた。

「話してくれるんはかめへん。せやけど、俺らは、お父さんの記憶を共有できへんからな。それができるんは、お母さんだけやろ。あと、お祖父《じい》ちゃんお祖母《ばあ》ちゃんとか」

「パパのほうのお祖父ちゃんお祖母ちゃんとは、パパが死んでから会ったことない。ママのほうは、お祖母ちゃんがいるけど、認知症で施設に入ってるねん。今、ママが忙しいから代わりに時々会いに行くけど、私のこと、もう、ようわからへんみたい」

「……そうか。そら、色々大変やな」

夏神は困り果てた様子でそう言うと、黙り込んでしまった。

二人の間に重い空気が漂うのを避けたくて、海里は明るい口調で割って入った。

「そんで、いつまでうちに飯食いに来られんの？」

カンナも話題が変わったことにホッとした様子で、カウンター内部の壁に掛けられたカレンダーを見て答えた。

「たぶん、クリスマス前くらいまで」

「そっか。まだもうちょいあるな。そういや、クリスマスは友達とカラオケなんだっけ。イブ？　当日？」

「イブ。予約とれたから、お昼に三時間、クリパ」

「三時間カラオケか。そりゃ結構歌えるな。じゃあ、夜は家でお母さんとディナー？」

海里は何げなく訊《たず》ねたが、カンナは目を伏せ、かぶりを振った。

「イブは、パパの命日やから。毎年、イブは何もなしで、二十五日にママと外食する」

「あ、そっか。ゴメン」

「ううん。お店の人たちは、クリスマス、どうするん？」

カンナに逆に問われて、夏神と海里は顔を見合わせる。

「今年はイブが週末だから、ご馳走《ちそう》作って食おうかって言ってる。野郎三人で自宅クリパって感じ」

するとカンナは、若干引き気味に笑った。

「それ、なんか寂しない？　虚《むな》しいっていうか」

「虚しくも寂しくもないっ！　そういうこと言ってくれるなよ」

「きっと楽しゅうございますよ！」

子供相手にムキになって言い返す海里とロイドに、カンナがなおも何か言おうとしたとき、テーブル席にいた客たちが席を立った。

「ありがとうございます！」

会計係を自任しているロイドが、すぐにレジへと向かう。

「ありがとうございます。またお願いします！」

外まで客を見送り、店に戻ってきた海里は、身震いして言った。

「さっむ！　今夜は滅茶苦茶《めちゃ》冷えてる。帰り、寒いぞ」

「大丈夫。ダウンジャケット着てきたから、楽勝」

そう言って、得意げにまだ新しいピンク色のダウンジャケットを持ち上げてみせるカンナは、今日もショートパンツ姿である。寒さを感じないわけはないので、それは少女なりのこだわりのお洒落《しゃれ》ポイントなのかもしれない。

夏神は、他に客がいなくなったタイミングで、カンナにこう声を掛けた。

「あんましこんなサービスはせえへんのやけどな」

「何？」

カンナは興味をそそられた様子で、夏神に向き直る。

夏神は、照れ臭そうに指先で頬を掻《か》きながら、こう言った。

「短い間やけど、毎日通ってくれた立派な常連さんや。うちで飯食える最後の日ぃの日替わりは、何ぞ好きなもんにしたろ」

それを聞いて、カンナより先にパッと顔を輝かせたのはロイドだった。

「それはよいお考えでございますな！　生涯、わたしたちのことと共に、カンナ様の思い出に残るお料理を」

「いきなりハードル上げてんなよ。つか、ちゃっかり自分のことも記憶に刻みこもうとすんな」

はしゃぐロイドにツッコミを入れつつも、海里も「けど、いいアイデアだな」と楽しげにそう言った。

「私の好きなもん？」

「せや。好きなもん、食いたいもん。……まあ、何でも作れるとはよう言わんで？　あんまし高い食材も、日替わりやから厳しいな」

微妙な条件をつけられ、カンナはしばらく首を左右に倒しながら考え込んでいたが、やがて夏神の表情を窺《うかが》うようにこう言った。

「ロールキャベツ、とか、作れる？　材料、高い？」

それを聞いて、夏神はホッとした様子で頬を緩めた。

「それやったら、お安いご用や。日替わりのメニューとしてはバッチリやな」

「ほんまに？」

「おう。せやけど、どんなロールキャベツがええんや？　中身の肉の種類とか、あと、スープやな。コンソメか、和風か、ホワイトソースか……」

「トマト」

簡潔に答えてから、カンナは躊躇《ためら》いつつこう付け加えた。

「トマト味のスープ。肉の種類までは覚えてへんけど」

「ほな、そこは任せてもらおうか。トマトスープな」

夏神は、早くも頭の中に、ロールキャベツのイメージを組み立てようとしているようだった。しかし、そこにカンナは意外な希望を付け加えた。

「あの、あと、ぐじゃってなっててほしいん」

「あ？」

脳内のイメージが瞬時に崩されたのだろう。夏神はマンガのように口を開け、ポカンとする。

海里も、不思議そうに、両手でロールキャベツのフォルムを作ってみせた。

「ぐじゃっとなってるって、どういうこと？　へしゃげてる？　それとも」

「パパが作ってくれたやつ。鍋《なべ》に入れるときはちゃんと巻いてたんやで、って言ってた。けど、お皿の中では、ぐじゃぐじゃになってたん」

「ほどけちゃってたってこと？」

「そうなんかも。全然巻いてへんかった。こう、お肉の塊がごろんってあって、ぐじゃぐじゃのキャベツが山になってて……」

それでようやく、事態が飲み込めたらしい。夏神は納得顔でこう言った。

「ロールキャベツはな、煮えてきたらキャベツが柔らこうなって、ほどけやすうなるんや。せやから、鍋にギッチギチに詰めこまんとあかんねんけど、お父さん、余裕を持って入れはったんやな。っちゅうか、お父さんは料理する人やったんか？」

するとカンナは、首を傾げてこう言った。

「ママが出て行ったあと、しばらく私、パパと一緒やったから。一ヶ月くらいやったんかな。もっとあったんかも。出前が多かったけど、たまにパパが作ってくれてたと思う」

「へえ。ロールキャベツ以外に、どんなもんを？」

まだ物心つかない頃に父親を亡くした海里にとっては、父の手料理というのは未知の味であり、微《かす》かな憧《あこが》れを含むフレーズでもある。思わず問いかけた彼に、カンナは記憶を辿《たど》りながら答えた。

「あんまし覚えてへん。でもたぶん、簡単なもんやったん違う？」

「そんじゃ、ロールキャベツは滅茶苦茶頑張ってチャレンジした料理なのかな」

「たぶん。私がママんとこに行く日の前の夜に、しばらくお別れやからご馳走作ろうなって言うて、作ってくれたん。私が、ロールキャベツ好きやって言うたから」

「ああ……そういうことか。お父さん、張り切ったんだろうな。ちょっと失敗して、凹《へこ》んでた？」

その夜の、父と娘ふたりきりの食卓を思い出したのか、カンナはちょっと笑って頷《うなず》いた。

「それは、覚えてる。ごめんなあ、次はもっと上手に作るからなって、パパ、悔しそうに笑ってた。……次なんて、あらへんかったけど」

寂しそうに呟《つぶや》いたカンナに、海里はかける言葉を失ってしまった。だが夏神が、代わりに力強くこう言った。

「よっしゃ。ほんなら、お父さんの代わりに、俺が綺麗《きれい》に巻いたロールキャベツを作ったろ。せやけど、そのためにはまだ情報が足りんな。もっと、お父さんのロールキャベツについて、覚えとることを教えてくれ」

「えー？　えっと……あ、お肉の中に、タマネギがいっぱい入ってた。あとは……」

「スープは？　スープには、何ぞ入ってへんかったか？」

「スープ……んー。バラバラのベーコンと……あっ、人参《にんじん》！」

「人参!?」

「こう、輪切りの奴がどかどかどかーって」

「どかどかした人参な。わりと斬新《ざんしん》やけど……よっしゃ」

一生懸命記憶を辿るカンナと、腕組みして目を閉じ、イメージ構築を再開した夏神。

そんな二人を、ロイドと海里はワクワクして見守っていた……。

それからしばらくして、食事を終えたカンナと連れ立って、海里は店を出た。

話が弾んだせいで、時刻は既に午後九時近くになっている。

「くっそ寒いな！」

ダッフルコートの首元にマフラーを巻きながら、海里は身震いした。カンナは、ダウンジャケットのファスナーをいちばん上まで閉め、「余裕」と笑った。

「マジかよ。つか、セクハラになったらゴメン。訊《き》かずにはいられねえわ。脚、寒くね？」

むき出しのすらりとした生脚があまりにも寒々しくて、海里はついに訊《たず》ねてしまう。

カンナは笑って、右足で海里を蹴飛《けと》ばすふりをしてみせた。

「寒いけど、みんな、脚綺麗やねって言ってくれるから」

「確かに綺麗だけど、やっぱ寒いのか。あんま無理すんなよ。タイツ穿《は》いても、たぶん綺麗な脚だから」

「そっかな。タイツ穿いたら、太く見えへん？」

「たぶん見えねえし、見えてもいいんじゃね？　たとえば全身もっこもこに着膨れても、それはそれで可愛いと思うけどな。熊みたいで」

「そんな可愛いは求めてへんわ！」

海里の冗談に軽くむくれつつ、カンナはショルダーバッグから手袋を出して嵌《は》めた。

海里はコートのポケットに両手を突っ込む。

阪神芦屋駅南側のタクシー乗り場に向かって歩きながら、海里は言った。

「ロールキャベツさ。きっと夏神さん、滅茶苦茶旨《めちゃうま》いやつを作ってくれるよ」

するとカンナは、手袋を嵌めた両手で冷えた頬を擦《こす》りながら言った。

「あんまし美味《おい》しいと、パパのロールキャベツやなくなるやん。パパのは……美味しかったけど、凄《すご》く美味しいわけと違った気がする」

「そこはこう、本来あるはずだった二度目のチャレンジが、大成功だったって設定で」

「えー？」

「そう思ってやってよ。夏神さんは料理人だからさ。凄く美味しく綺麗に作れるものを、そうじゃなくしろって言われたら、困っちゃうだろ」

「そっか……。プロやもんな。じゃあ、しゃーないなあ」

「そうそう。しゃーない。あと、他に思い出したことがあったら、言ってあげてよ。きっと参考になるから」

「ん、わかった」

阪神電車の踏切にさえ捕まらなければ、タクシー乗り場にはあっという間に到着してしまう。幸い、タクシー待ちの列も出来ていなかった。

「そんじゃ、もうしばらくは、また明日《あした》？」

毎日来るものだともはやわかっていても、海里は別れ際、必ず疑問形で挨拶《あいさつ》をする。

「ん、また明日。明日は帰りにお祖母《ばあ》ちゃんとこに寄るから、遅いめに行く」

カンナも素直に答えて、笑顔で小さく手を振り、タクシーに乗り込んだ。

「さて、戻ろう」

カンナを乗せた車を見送り、海里は小さく身震いしながら来た道を戻り始めた。

山から吹き下ろす強い風、いわゆる「六甲《ろっこう》おろし」は、めったやたらに切りつけてくる刃物のような冷たさだ。

おそらく既に、気温は氷点下になっていることだろう。寒すぎるとかえって雪は降らないというが、確かに夜空は晴れ渡り、一等星が綺麗に見えた。

「うう、さぶ。戻って、あっついお茶飲もう」

グルグルと巻き付けたマフラーに細い顎《あご》を埋め、足早に歩いていた海里は、芦屋警察署の前で背後から突然名前を呼ばれ、つんのめるように立ち止まった。

「えっ？」

「五十嵐君」

もう一度、静かに呼びかけてきた声には、嫌というほど聞き覚えがある。

ゆっくり振り返った海里の目の前にいたのは、思ったとおり、淡海五朗だった。

久しぶりに会う淡海は、相変わらずの痩《や》せた身体をやや大きすぎるチェスターコートに包み、襟元にタータンチェックのマフラーを入れ込んでいた。

コーディネートは無造作だが、身につけているものはすべて、一目で質のいいものとわかる。淡海独特のファッションセンスだ。

「淡海先生。なんで……」

海里は、彼の名前を呼ぶのがやっとだった。

先日、電話で話して以来、淡海から連絡はなかったし、海里も敢《あ》えて接触を図ろうとはしなかった。

だから、海里は淡海は東京にいるものと思いこんでいたのである。

「こんばんは。しばらくぶりだね」

街灯に白々と照らされた淡海の細面には、いつもの穏やかな笑みが浮かんでいる。

淡海がここまで足を運んだ理由は、彼の新作『天を仰ぐ』を巡る騒動の件だろう。

しかし、必要な話は既に電話で済ませてしまったので、いざ直接会ってみると、何をどこから話せばいいのか、海里にはわからなくなってしまった。

黙って頷く海里に、淡海は少し困った様子で首を傾げた。

「君に怒鳴られるつもりで来たんだけどな。黙られると、かえって落ち着かないね。あれから、どう？　マスコミが、まだ君やお店に迷惑をかけている？」

海里は、小さく首を横に振った。

「いえ。騒ぎの翌日には、普通に店に戻れました」

「そうなの？　意外と早くおさまったね」

他人事《ひとごと》のように言う淡海に、海里はようやく少しカチンと来て言い返した。

「もともと、記者が押しかけてきたのは、先生の新作っていう話題性と、俺のスキャンダルを蒸し返して遊びたいからってだけですからね。先生サイドが『ドラマ化についてはまだ何も決まってない』って明言しちゃったら、ほじくるネタがなくなったようなもんでしょ」

「おや。辛辣《しんらつ》だ」

「俺だって、自分にそこまで価値があるとは思い上がってないです。それに、ネットで、俺のことは放っておいてやれって流れになったからじゃないですかね。いざ本が発売になったら、また来るかもですけど」

ようやく滑らかに口をついて出た言葉には、チクチクと小さな棘《とげ》がある。淡海は決まり悪そうに撫《な》で肩を竦《すく》め、「うん」とだけ言った。

ずるい、と海里は心の中でぼやいた。

淡海の仕草や表情には、どうにもとぼけて憎めないものがあって、海里も本気で腹を立てることができなくなってしまう。

「店、来ます？　夏神さんがどういうリアクションするかはわかんないですけど」

お互いに寒い中で立ち話はつらいので、海里はそう言った。しかし淡海は、静かにかぶりを振った。

「いや、外で君に会えたのを幸い、お店には伺わずにおくよ。仕事中のマスターの心を、僕のせいで乱したくない。お詫《わ》びには、また後日必ず」

そう言いながら、淡海は小脇に抱えていた大判の封筒から何かを取り出し、海里に両手で差し出した。

「今日は、これを君に渡しに来ただけだから。ここで会わなかったら、外に呼び出すつもりだったんだ」

「……もしかして」

海里は、おずおずと差し出されたものを、こちらも両手で受け取った。

ずっしりした重みと、ツルツルした硬い紙の感触。

それは、ハードカバーの本だった。

白い表紙に、銀の箔押《はくお》しで『天を仰ぐ』というタイトルが印刷されている。画面の左下には黒い星があるはずだが、巻かれた黒い帯で隠れてしまっていた。それもまた、装丁の演出の内なのかもしれない。

「見本がね、今日の夕方、届いたんだ。真っ先に君に渡すと約束したから、受け取ったその足で新幹線に飛び乗った」

海里は少し驚いて、淡海の静かな笑顔を見た。

「マジで、そのためだけに戻ってきたんですか？」

「そうだよ。今夜は駅前のホテル竹園《たけぞの》に泊まって、明日の朝一番に東京へ戻る。ドラマ化の件で勝手な発言をした埋め合わせに、発売日まで、フルにプロモーションに協力するって約束しちゃったからね。スケジュールがぎゅうぎゅうなんだ」

「……俺、何も頼んでないですからね？」

「わかってるよ。自業自得だから、ありがとうは言ってくれなくて構わないさ」

「絶対言いません」

珍しいほどぶっきらぼうに言い捨て、海里は淡海の顔から、手の中の本に視線を移した。

明るいとはお世辞にも言えない場所だが、それでも敢えて路上で渡されたばかりの本を開いてみる。

表紙をめくってすぐの、夜空を思わせる濃紺の遊び紙に、淡海のサインが既に入っていた。

銀色のインクで、「五十嵐海里様　感謝　淡海五朗」と、決して達筆とは言い難い、癖のある文字が中途半端に小さく書きつけてある。

「僕はサインがどうも下手でね。悪筆で申し訳ない。中身はゆっくり読んでくれればいいよ。そして……」

自分のオファーに対する返事を聞かせてほしい、と言葉ではなく視線で語り、淡海は海里に深々と一礼した。そして、クルリと踵《きびす》を返すと歩き出す。

海里は、淡海を呼び止めることをせず、ただ、痩せた背中が芦屋警察署の角を北へ曲がって見えなくなるまで、ぼんやり見送っていた。

(何だか、淡海先生の幽霊に会ったみたいな気分だけど、あれ、本物だったんだよな)

まだ半ば信じられない思いで、海里は凍えた手の中の本を改めて見た。

テレビの画面で見ていたのと、そっくり同じ表紙だ。

黒い帯には銀色の文字で、「堕《お》ちた星には、天はあまりに高く」というささか陳腐なキャッチフレーズが印刷されている。

暗い場所で見ているせいで、ひときわ大きなフォントで印刷された「堕」と「天」の字が、ふわっと浮かび上がってくるように感じられた。

「……戻るか。お客さん、来てたしな」

ずっしりした本の重みを感じつつ、海里は再び歩き出した。

今すぐ本を読みたいという気持ちと、読むのが恐ろしいという気持ち。せめぎ合う相反する想いを抱えたまま、彼は夏神とロイドが待つ店へと帰っていった。

＊　　＊

別れ際、また明日《あした》、と確かに言ったはずなのに、翌日、カンナは姿を見せなかった。

ロイドは大いにガッカリし、海里も心配顔をしたが、夏神は大らかに、「女子中学生が、いつも定食屋のおっさん臭い飯っちゅうのもアレなんやろ。マクドやらケンチキやら食いたいこともあるやろし」と言って、特に気にする風もなかった。

しかし、それからもカンナはいっこうに来ず、ついにクリスマス前の最後の金曜日になってしまった。

さすがの夏神も、心配と落胆の色が隠せなくなった。

「やはり予定より早く、お母様がお家《うち》に早くお帰りになれるようになったのでは？」

ロイドは、いつもどおりに仕込みをしながらも、どこか元気のない夏神を励ますようにそう言った。海里も、そんなロイドに同調する。

「きっとそうだよ。カンナちゃん、しっかりしてたけど中一だからさ。わざわざうちにそういう連絡するの、気がつかないだろ。なあ、ロイド」

「さようですとも。きっと、お母様との時間が楽しくて、わたしたちのことなどもう、頭にないのでございましょう」

夏神は、硬いカボチャを包丁で力任せに切りながら、珍しくあからさまに不満げな口調で言い返した。

「そらまあ、ええこっちゃけど」

「けど、何でございます？」

「せっかく色々考えとったのになあ、ロールキャベツ」

海里は、米を研ぎながら小さく笑った。

「ああ、それだけは残念だよな。夏神さん、滅茶苦茶《めちゃ》気合い入れて試作してたもんな、週末。週明けにはきっと来るだろうって」

夏神は、いくぶん不機嫌に頷《うなず》く。

「少なくともしばらくは、またお父さんの話ができへんようになるわけやろ。せやったら、最後の日くらい、お父さんの思い出の味を楽しんで、喋《しゃべ》りたいだけ思い出話をさしたりたいと思うたんやけどな。要らん世話やったか」

「まあまあ、夏神様。そう腐らずに」

「腐ってへん！」

「いや、けっこう腐ってるよ〜。足元グズグズだよ」

海里のからかいに、夏神が剝《む》いたばかりのカボチャの皮を投げつけようとしたそのとき、厨房《ちゅうぼう》の片隅にある旧式の電話が、ジリリリ、と鳴った。

「わたしが！」

何が楽しいのか、電話で誰かと会話するのが大好きなロイドは、文字どおり受話器に飛びついた。

「毎度ありがとうございます、『ばんめし屋』でございます」

すっかり板についたフレーズを口にしたロイドは、しばらく相手と会話していたが、受話器の通話口を片手で塞《ふさ》ぎ、夏神に声を掛けた。

「夏神様、あの」

「なんや？　出前の依頼か何かか？」

「いいえ。カンナ様の、お母上だそうです」

それを聞いて、夏神は即座に包丁を放り出した。前掛けで手を拭《ふ》きながら、慌ただしくロイドのもとへ歩み寄る。

「もしもし、お電話かわりました。夏神です。どうも……」

海里は、ロイドを手招きし、耳打ちした。

「どした？　カンナちゃんに、何かあったのか？」

ロイドはヒソヒソ声で答えた。

「いえ、夏神様に繋《つな》いでほしいと言われただけでございまして。けれど、お母様からお電話ということは、もしや……」

「何かあったのかな。今の時期から、もしかしてインフルエンザかも」

「ああ！　その可能性がございましたね」

「インフルでも十分大変だけど、それ以上大変なことは、起こっててほしくないなあ」

「さようでございますねえ」

海里とロイドは、ほぼ同時に夏神のほうへ顔を向けた。だが、受話器を耳に押し当て、カンナの母親、茜と何やら話し込んでいる夏神は、二人に気付くと、ぞんざいに片手を振った。

いいから仕事をしていろという仕草だ。

やむなく、ロイドはタマネギの皮を剝く作業を、海里は洗い米をザルに空け、夏神が放り出したカボチャを切り始めた。

「硬ッ。みっちみちに詰まってんな、このカボチャ」

悪態をつきながら、手を切らないよう慎重に包丁の刃を動かしつつ、海里はカボチャを二口大に切り分けていく。

普段、日替わり定食のメインはしっかり決める夏神だが、小鉢は買い出しのときに手に入った材料や店にあるものを臨機応変に使う。

今日のカボチャを何に使うかはまだ聞いていないが、夏神が切ったカボチャのサイズや、部分的に固い皮を剝いてあるところを見ると、おそらく煮物にして、小鉢につけるつもりなのだろう。

作業の合間に、海里はチラチラと夏神を見た。

（すっげー深刻な顔してんな）

低い声で短い相づちを打っている夏神の顔は、驚くほど厳しかった。

海里はインフルエンザと踏んだが、もしかすると、カンナはもっと重大なアクシデントに見舞われたのかもしれない。

「交通事故などでしょうか」

まるで海里の心を読んだかのように、いつの間にか近くに来ていたロイドが、オロオロと囁《ささや》きかけてくる。

「まさか。そんなドラマみたいなこと、そうそうあるかよ」

「ですが……」

「いいから。仕事しとけ。夏神さんに怒られるぞ」

ロイドを追い払い、海里は再びカボチャに包丁の刃を当てる。しかしその視線は、ロイドに負けず劣らず心配そうに、カボチャと夏神の間を行き来し続けていた。

「はい、はい。わざわざすんませんでした。ほな……」

最後に力なく中途半端な挨拶《あいさつ》をして、夏神は受話器をホルダーに戻した。

海里は包丁を置き、ロイドと共に夏神に駆け寄った。

「お母さん、何て？　カンナちゃんに、なんかあったの？」

「もしや、お命にかかわるような事態に……!?」

「落ち着け。これからちゃんと話す」

夏神はうんざりした様子でそう言うと、いつも休憩中に使うスツールを引っ張り出し、どっかと腰を下ろした。

まるでコーチの叱責《しっせき》を聞く高校生のように、ロイドと海里は揃って夏神の前に立つ。

夏神は、さっきまでの茜との会話を反芻《はんすう》するように深呼吸をしてから、こう言った。

「最後にカンナさんが来た日の翌日な、あの子、お母さんの代わりに、認知症のお祖母《ばあ》さんのお見舞いに施設へ行ったそうや」

海里は、別れ際のカンナとの会話を思い出し、ああ、と声を上げた。

「そんなこと言ってた！　けど、それが何？」

夏神は、沈痛な顔で答えた。

「そこで、お祖母さんが、カンナさんをお母さんやと思い込んだらしゅうてな。認知症、昔の記憶はわりに鮮明やっていうやろ」

「それって、もしかして」

海里の推測を、夏神は瞬《まばた》きで肯定する。

「娘の旦那《だんな》さん、つまりカンナさんの親父さんが自殺したときの経緯を、大変やったねえ、言うて話してしもたらしい」

「あちゃー……」

海里は、思わず片手で目元を覆った。ロイドは、不思議そうに夏神と海里を交互に見る。

「にんちしょう、というのは、さように記憶が混乱するものなのですか？」

夏神は、重々しく頷いた。

「俺も詳しいことはわからんけど、脳の病気で、記憶やら認知やらがだんだんあかんようになっていくそうや。新しい記憶が根付かんようになって、古い記憶はそこそこ残るらしい。そやから、人違いしたり、昔のことばっかり言うたりするんやろな」

「ははあ、なるほど。ではカンナ様は、巧《たく》まずして長らく疑問であったお父上の死の真相を聞き知ってしまったわけですな？」

夏神は、太い腕を組み、小さく頷く。海里は、心配そうに夏神に訊《たず》ねた。

「それって、そんなにショッキングな経緯だったの？　その、聞いちゃっていいのかどうかわかんないけど」

「俺がお母さんから聞いてしもたから、ここだけの話としてお前らにも言うといたほうがええやろ。……離婚の原因は当人らにしかわからんもんがあったんやろけど、裁判にまで発展したんは、カンナさんの親権を争うとったかららしい」

ロイドは、痛ましげに眉尻《まゆじり》を下げた。

「ご両親が、カンナ様を奪い合っていたわけですか。こう、両手を引いて」

「大岡《おおおか》裁きじゃあるまいし、先に手を離したほうが勝ち、みたいなことじゃねえよ。お互いに弁護士を立てて、どっちが親にふさわしいか、裁判官に公平に決めてもらうんだ」

「ははあ。とはいえ、父親と母親はいずれも等しく子供の親でございましょう？　いずれかが育ての親にふさわしいとは、如何様《いかよう》にしてお決めになるのでしょう」

ロイドの至極真っ当な問いに、夏神はお前に任せたというように海里を見上げる。海里は、閉口しつつも説明を試みた。

「そりゃ正論だけど、やっぱ子供が小さいときは、母親が有利って聞くぜ。ほら、家事とか子育てとかは、今も基本的に母親が中心になってやるだろ？」

「しかし当初、カンナ様はお父様とご一緒だったと」

「そうだった。……えっと、けど、結局お母さんのところへ行かなきゃいけなくなったってことは、裁判所が母親が親権を持つのにふさわしいって判断したんだろうな」

そこで夏神が、重々しく口を開いた。

「当初は、専業主婦やったお母さんは好きに使える金がのうて、親も認知症で頼りにできんで、友達の家に転げ込んだらしいわ。せやから、カンナさんを親父さんのところへ残していかんとしゃーなかった。親父さんはカンナさんを可愛がっとったし、経済的にも安定しとったやろしな」

「なるほど。けど、やっぱり親権を争うことにしたのはどうして？　いや、そりゃ娘が可愛いってのがいちばんだろうけど」

「そや。両親ともに娘が可愛いて、傍に置きたかったんやろな。揉《も》めたんはその一点だけやったそうや」

夏神はまたゆっくりと頷《うなず》き、大きく息を吐いて口を開いた。

「せやけど、タイミングが悪かった。親権を争い始めて間もなく、会社の健康診断で、親父さんに胃癌が見つかったそうや。しかも進行癌で、余命が一年あるかないかくらいの宣告をされたらしい」

思わぬ事態に、海里とロイドは言葉もなく顔を見合わせる。

「親父さんは、それを生前、別居中の嫁には伝えんかった。ただ、急にカンナさんを母親のもとへやって、訴訟を取り下げて、財産を整理してカンナさんの養育費として代理人に託して……ほんで、首を吊《つ》りはった」

「そんな……！」

「助かるあてもないのに病院で無駄な金を使うより、たとえささやかでもありったけを愛娘《まなむすめ》に遺《のこ》したい。いい学校に行かせてやってくれ。遺書にはそう書いてあったそうや」

夏神は、溜《た》め息《いき》と共に口を噤《つぐ》んだ。海里は、息苦しくなって、思わずシャツの胸元を摑《つか》む。さすがのロイドも言葉がなく、店内には沈黙が落ちる。

やがて、スニーカーで軽く床を蹴《け》りつけたのは、海里だった。

「それで、私立の女子校か……。くそっ、お母さんがカンナちゃんに、お父さんの自殺の真相を教えたがらなかったのは、そういうことか。事情を知っちまったら、たとえ癌で助からない命でも、お父さんが自分のために死期を早めたって思っちゃうよ」

「そういうこっちゃ。せやけど、あの子はもう知ってしもた」

「特大のショックだっただろうなあ。お父さんの思い出話をするとき、あの子、滅茶苦《めちゃ》茶嬉《うれ》しそうだったもん。もう一度お父さんと暮らすことはかなわなくても、もっと生きててほしかったし、会いたかっただろうにな」

海里の言葉に、他の二人も大きく頷く。海里は、気遣わしげに夏神を見た。

「それで、カンナちゃんは？」

「深夜に帰ってきたお母さんを寝んと待っとって、問い詰めたそうや。さすがにお母さんもごまかしきれんと、そのとおりやと認めたら、そこから一切、口をきかんようになったそうでな。学校には行っとるけど、家では部屋に鍵《かぎ》掛けて、こもりっきりらしいわ」

ロイドは心配そうに両手の指を組み合わせる。

「それはいけませんね。お食事はちゃんと召し上がっておいでなのでしょうか」

「まあ、学校では食うてるやろし、ハンストしとるわけではないやろ。ただ、誰かと旨《うま》い飯を笑いながら食いたいっちゅう気分にはなれんのやろな」

想像するだにつらい少女の心境を思いやり、海里は項垂《うなだ》れた。

「そりゃそうだよ。……お母さんも、つらいよな」

「いつかは話さなあかんことやったから、て言うてはったけど、つらそうやったな」

「お母さんの仕事は？」

「予定より早う助っ人に入ってもろて、夜は家におれるようにしてはるらしいけど、当のカンナさんが出てこんから、話もできへんと」

そこで話を切って、夏神は海里とロイドの顔を順番に見上げた。

「何ぞ、俺らにしたれることはないやろか」

海里とロイドは顔を見合わせたが、両者とも、咄嗟《とっさ》にいいアイデアなど出てくるはずもない。

しばらく唸《うな》ってから、海里は鈍い口調で提案した。

「ん……予定どおり、お父さんの思い出の味のロールキャベツ、作って届けるとか？いや、ダメだな。傷口に塩をすり込むみたいになっちまうな」

「せやろ。俺も一瞬考えてんけど、あかんと思うてな」

夏神も同意する。だが、ロイドだけが、キラリと目を輝かせた。

「それでございますよ！」

「……は？」

呆気《あっけ》にとられる二人に、ロイドは熱っぽく訴えた。

「ロールキャベツでございます！　お作り致しましょう」

「いや、だけど、さっきも言ったように、それじゃトラウマを抉《えぐ》ることに」

「今、おひとりでお過ごしのときも、カンナ様は心の傷口をみずから抉り続けておいでなのでしょう？」

「それはそうだけど」

「で、あれば、傷を抉るためではなく、癒《いや》すために、ロールキャベツをお作りするのです。カンナ様と、お母様のために」

　ロイドの意図がわからず、海里と夏神はただ戸惑うばかりである。

「なんで、カンナさんはともかく、お母さんにまでロールキャベツを食べさすんが、傷を癒すことになるんや？」

「そうだよ。むしろ、さらに抉っちゃうことになるんじゃねえの？」

「いいえ、いいえ。お届けするのではなく、お二方にここに来ていただくのです。これまで幾度となく生者と死者の心を繋《つな》いできた、この場所に」

　ロイドは、これまで見たことがないほど真剣な面持ちで、二人に向かって力説した。

「確信はございませんが、夏神様の腕前、海里様のお優しさ、それにこの場所が揃えば、あるいは奇跡が起こるやもしれません。いえ、起こすべく、不肖ロイド、付喪神《つくもがみ》として、いささかお力添えを致したく存じます」

「お前が？」

怪訝《けげん》そうな海里に、ロイドはニットベストの胸元を手のひらで元気よく叩《たた》いた。

「はい。わたしは本来、命なき者。そんなわたしに命を与えてくだされたのは、前の主《あるじ》の深いお情けでございます。ただの器物に命を宿すのは、人の想い。それを誰よりも知るるわたしなれば、お役に立てるやもしれません」

「何だかよくわかんないけど……お前が本気だってことはわかる」

海里は、真っ直ぐにロイドの彫りの深い顔を見据えた。

「けど、下手すりゃ、お父さんのことを料理で思い出させて、二人をもっと苦しくさせるかもしれねえんだぞ。それでも、試す価値は……」

「今のままのお二方を放置するより、ずっと価値ある挑戦かと」

しばらく黙って二人のやり取りを聞いていた夏神は、心を決めた様子ですっくと立ち上がった。

「お母さんは、途方に暮れてはった。カンナさんが店に来られへん理由をお知らせだけ、て言うてはったけど、ほんまは俺らに助けてくれって言いたかったんやろう。大事な小さい常連さんのピンチを見て見んふりはできん。……信じてええんやな、ロイド？」

「はい！」

ロイドもまた、色素の薄い双眸《そうぼう》に、思いきり力を込めて夏神を見つめ、返事をする。

夏神は、海里を見た。

「イガ、お前はどうする？」

「どうするって……。ああくそ、滅茶苦茶怖いけど、このままほっといてもどうにもならねえんなら、バクチでも何でもやってみないとしょうがねえか」

海里も腹を括《くく》って、夏神を見返す。二人は同時に、ロイドを見た。

「今回は、お前が指揮官や。何をどうしたらええんか、俺らに指図してくれ」

夏神の要請に、ロイドは胸に顎《あご》がつきそうなくらい深く頷き、声を張り上げた。

「かしこまりました！　それでは早速……」


コンコン！　コンコンコン！

『うるさい！　ほっといて！』

扉の向こうから、甲高い怒鳴り声が聞こえる。カンナの声だ。

海里は、背後でオロオロと立っているカンナの母親、茜と顔を見合わせた。

ロイドの指示に従い、海里は茜に連絡を入れ、夜、二人で「ばんめし屋」に夕食を摂《と》りに来てもらえないかと打診した。

大いに娘が世話になったこともあり、茜は戸惑いながらも、店をどうにか助っ人に任せ、夕方に帰宅してくれた。

しかし、学校から帰るなり自室に飛び込んだカンナが、頑として出てこないと再び茜から連絡があり、それも予想済みだった海里が、迎えに来たというわけだった。

心配そうな茜に、口の動きだけで「大丈夫です」と伝えて、海里は扉に額をつけ、口を開いた。

「カンナちゃん。俺。五十嵐さんだけど。お嬢さんをエスコートしに来たよ」

海里は、決して大声で威圧しないように、それでいて扉の向こうにいるカンナにははっきり聞こえるように呼びかけた。

それは、舞台役者としてトレーニングを積んでいた頃に会得した、独特の発声法だ。怒鳴らなくても、劇場のいちばん後ろの席まで届くような声を出さねばならない。そのために、血の滲《にじ》むような発声練習を重ねたことが、こんな思いがけない局面で役に立っている。

しかし、扉の向こうからは、すげない返事が聞こえた。

『要らんし。もう、私なんかほっといて』

「ほっとけないでしょ。うちの大事な常連さんだよ」

『もう、お店には行かへんから！』

「それでも、常連さんに違いはないよ。それに、約束しただろ、最後の夜には、美味《おい》しいロールキャベツを作るって」

扉に押し当てた海里の耳に、小さくしゃくり上げる声が聞こえた。父親のことで悩んでいる少女に、敢《あ》えて亡き人を思い出させる料理名を口にするのは、勇気のいることだ。

しかし海里は、ロイドを信じて、彼の指示を忠実に守った。

「なあ、カンナちゃん。ウザイ自分語りで悪いけど、前に言ったろ。俺、三歳のときに父親が死んだんだ。三歳なんて、まだ赤ん坊の延長みたいなもんだからさ。父親の記憶、全然なくて。だから、お父さんとの思い出があるってだけで、カンナちゃんが羨《うらや》ましいよ」

返事はないが、怒鳴り声も聞こえなくなった。カンナは泣きながら、それでも海里の話に耳を傾けてくれているらしい。

海里はほんの少し安堵《あんど》しつつ、そのまま話を続けた。

「俺は兄貴に育てられたようなもんだったんだけど、兄貴とも母親とも、あんまり上手《うま》くいかなくてさ。ほとんどケンカ別れして、東京へ行ったんだ。だけど、あっちで大失敗して帰ってきて、そんで……色んな人に助けてもらって、家族ともっぺん腹を割って話せた。ちょっとは大人になった今だからこそ、わかることもいっぱいあった」

『……それが何?』

扉越しに、つっけんどんな涙声が聞こえる。

(ちゃんと聞いてくれてんだな。いい子だな)

しみじみとそう思いながら、海里は答えた。

「話は聞いた。今、カンナちゃんがすげえショック受けてんのはわかる。けど、お母さんはカンナちゃんの心を守るために、お父さんが死んでからずっと、秘密を抱え込んでくれてたんだ。それはきっと、物凄《ものすご》く苦しいことだよ。けど、いつかカンナちゃんが事実を受け止められるようになるまで、苦しくてもずっと抱えていこうって、お母さんは思ってたんだ」

『……だから？』

「不幸な手違いで、カンナちゃんは本当のことを知ってしまった。でも、いつかは知るべきことだった。カンナちゃん自身も知りたいと思ってた。そうだろ？　カンナちゃん、うちの店に来て、お父さんの幽霊に会えたら、どうして自殺したのか訊《き》きたいって思ってたんじゃない？」

返事はない。だが、沈黙こそが、この場合はなにより雄弁な肯定だ。

「だからたぶん、お父さんの幽霊の代わりに、神様が真実を教えてくれたんじゃないか？　もう、お母さんは、お父さんの死について何も隠さなくていい。カンナちゃんと、お父さんの話ができる。……うちの店で、お父さんの思い出のロールキャベツを食べながら、お母さんと、お父さんの話をしてみないか？」

答えはないが、微《かす》かな物音から、カンナが身じろぎしたのがわかった。心の動きが、小さな身体の動きとなって、海里に伝わってくる。

「夏神さんさあ、滅茶苦茶《めちゃくちゃ》張り切ってロールキャベツを作ってるんだ。クリスマスプレゼントだと思って、食べてやってくれないかな？　ロイドもすっげえ楽しみに待ってる。勿論《もちろん》、俺も。イブは虚《むな》しい野郎のクリパだからさ、せめて今夜は二日ほど早いけど、プレクリスマスパーティってことで、俺にエスコートさせてくれない？」

頼むよ、と少し小さな声で付け加え、海里は扉を小さく二つノックして、身を離した。

祈るような気持ちで待つ彼の前で、やがてゆっくりと、ごく細く、扉が開かれる。

「カンナちゃん」

おずおずと顔を覗《のぞ》かせたカンナは、ただでさえスリムな身体だったのに、さらに少し痩《や》せたようだった。

卵形の顔の中で、泣きはらした目だけが目立っている。

「ロールキャベツ、リクエストしたん、私やから」

湿った声でそれだけ言って、カンナは部屋から出て来た。

どうやら、部屋着からちゃんと着替えたらしく、いつものショートパンツの上に、オーバーサイズの水色のパーカーを着ている。

そんな彼女の前で、海里は蛮勇をふるって跪《ひざまず》いた。

「ありがとな。……では、謹んでエスコートさせていただきます、お嬢様」

気を抜くと、気障《きざ》な台詞《せりふ》を吐いた恥ずかしさで顔が真っ赤になってしまいそうだったが、そこは元がつくとはいえ役者の意地である。

カンナに片手を差し出し、海里は派手なウインクをしてみせた。

まさにミュージカル時代に取った杵柄《きねづか》だ。

「な……何なん？」

まだ強張《こわば》った顔をしていたカンナも、突然の芝居がかった「お手をどうぞ」に、目を白黒させる。

「何なんて、言っただろ。エスコートさせてって。俺は、やるときはやる男だよ？」

顔を見せてから、ずっと表情が死んだままだったカンナの頬に、うっすら血の気が差した。それと同時に、眉間《みけん》に浅い縦皺《たてじわ》が刻まれ、口元が生意気そうに歪《ゆが》む。

「アホみたい」

呆《あき》れ顔でそう吐き捨てながらも、カンナは大いに照れ、ほんの少しだけ嬉《うれ》しそうに、差し出した海里の手のひらに、自分の一回り小さな手をそっと置いた……。


「お嬢様とお母様のご到着〜！」

元気な口上と共に海里が店の扉を開くと、店内はいつもとまったく違う様相を呈していた。

本来ならば、金曜日の夜は大いに賑《にぎ》わうはずだが、表に「本日貸切」と大きな告知が張り出されており、他に客は誰もいない。

客席の中央にはテーブルが一つだけ置かれ、それを囲むように、椅子が三脚並べてある。

残りのテーブルと椅子は、すべて奥のついたての向こうに無理やり片付けたらしい。

すべて、三人を待つ間に、夏神とロイドが整えた設《しつら》えである。

戸惑う母子を、きっちりツイードのジャケットを着込み、いつもの胸当てつきのものではなく、ギャルソンタイプのエプロンをつけたロイドが、恭しく出迎えた。

「これはこれは、本日はお揃いでのご来店、まことにありがとうございます。さ、本日は特別席をご用意致しました。こちらへどうぞ」

同じく飲食業に身を置く茜は、夏神が今夜、二人のためだけに店を開けてくれたのだと気づき、酷《ひど》く済まなそうな顔をした。

しかしカウンターの中の夏神は、黙ってかぶりを振った。

今夜のことは、すべてカンナのために。夏神の大きなギョロ目が、言葉よりハッキリとそう伝えている。

茜はそんな夏神に軽く一礼して、ロイドが勧めるままに席に着いた。

カンナはムスリとした顔のまま、母親の向かいに座る。

二人の間には、何故か余分の椅子が一脚あり、その前にも、きちんとカトラリーがセットされていた。

「さてさて、本日の日替わり定食は、特別メニューの『ぐじゃぐじゃロールキャベツ』でございます」

厳かにそう告げるロイドに、茜もカンナも驚いた顔をした。

「ぐじゃぐじゃ……ロールキャベツ？」

事情を知らない茜は首を傾げたが、カンナは早くも再び涙ぐみ、「パパの」と短く言った。

ずっと自分との会話を拒んでいた娘が、言葉を投げかけてくれただけでもうれしかった。

たのだろう。茜は、大きく身を乗り出した。

「パパの？　何？」

「パパが最後の夜に、作ってくれたロールキャベツ。ぐじゃぐじゃやったん。次は上手《うま》いこと作るからって言うたのに、嘘やった。パパ、そんなつもりなかったんや」

パーカーの長すぎる袖《そで》で涙を拭《ぬぐ》いながら、カンナはそれでも母親に父親との大切な思い出を打ち明ける。

茜の目にも、みるみるうちに涙が溢《あふ》れた。

「あの人、私が家を出るまで料理なんかしたことなかったのに、あんたのためにロールキャベツなんて難しいもんを作ったん？」

カンナは泣きながら頷《うなず》く。

娘を守りたい一心とはいえ、これまで別れた夫のことに一切触れまいとしてきた茜もまた、早くも素直な涙を流していた。

「そう。そんなこと、ずっと知らんとおったわ。そう、あの人、そんなことしてくれたんやねえ、あんたには。ほんまに、あんたのことが可愛かったんやね。仕事人間で、何もかんも私に任せっぱなしやって思ってたけど、やっぱり父親やわ」

そう言って泣き笑いする母親を、カンナは珍しい生き物でも見るように、ボンヤリ見ている。

ずっと、母親と亡き父親の話をしたいと願っていたものの、いざそうなると、母親の本心に初めて触れた戸惑いのほうが勝っているのだろう。

そんな二人のもとに、いつもの営業スタイルの夏神が、トレイに深皿を載せてやってくる。

ほわほわと盛大に湯気が上がる皿を、夏神はまずはカンナの前に、ついで茜の前に置いた。それから、空いた席の前にも、同じものをそっと置く。

「本日の特別料理、ぐじゃぐじゃロールキャベツです。死ぬ気でぐじゃぐじゃに仕上げました」

姿勢を正し、しゃちほこばって料理の説明をする夏神に、母と娘は実に複雑な面持ちになる。

ロイドと夏神が口にしたとおり、それはまさに「ぐじゃぐじゃロールキャベツ」としか形容しようのない料理だった。

深皿にはたっぷりとトマトスープが注がれ、その中に、大人の拳《こぶし》ほどの肉団子と、「ぐじゃぐじゃ」に盛りつけた、小山のようなキャベツがある。

サラリとしたスープには、それ以外にも、分厚い輪切りにした人参《にんじん》と、厚切りベーコンを刻んだものが入っていて、見た目は実に不格好だが、立ち上る香りはこの上なく豊かで旨《うま》そうだ。

「ぐじゃぐじゃ……」

茜は料理と夏神を見比べ、心底申し訳なさそうな顔をした。

料理人である夏神が、カンナの父親のロールキャベツを再現するため、敢《あ》えて料理人のプライドを捨て、「限りなく造形的には失敗作」のロールキャベツを完成させたことに、同業者として限りない罪悪感と感謝の念を抱いていることがわかる表情だ。

一方カンナは、猫のような目を見開き、まじまじと「解《ほど》けてしまった」ロールキャベツを見つめていたが、やがて夏神を見上げ、ありったけの思いを一言に込めた。

「ぐじゃぐじゃや！」

「せやろ。渾身《こんしん》のぐじゃぐじゃやで。二度とはできんし、しとうもない」

夏神は、いかつい顔を歪めるようにして、ホロリと笑う。

「凄《すご》い。パパのロールキャベツみたいや」

ただ皿の上の料理をまじまじと凝視するばかりの二人に、海里は笑顔で声を掛けた。

「ほら、冷めちゃいますから、お熱いうちにどうぞ」

促されて、二人はおずおずとナイフとフォークを取った。

そして、肉団子と「ぐじゃぐじゃ」のキャベツをそれぞれ切り分けて重ね、同時に口に入れる。

カンナは、驚いたように夏神の顔を再び見上げた。

「この味！　パパのロールキャベツの味！」

それを聞くなり、夏神の顔がクシャリと笑み崩れた。本当に嬉しそうに、夏神は珍しく声を上擦らせる。

「ホンマか！　やっぱし、合挽肉《あいびき》で合っとったな。キャベツの煮え具合もええか？　ほんまは、ちょっと煮すぎやねんけど」

だが、カンナはぶんぶんと首を横に振った。

「煮すぎ違う！　キャベツもとろとろのぐじゃぐじゃ。これやわ」

「とろとろのぐじゃぐじゃ……とても褒め言葉には聞こえねえけど、最高に褒められてんじゃね、夏神さん」

耐えきれず噴き出した海里を睨《にら》みつつも、夏神は「せやな」と、隠しきれない嬉しさを声に滲《にじ》ませる。

茜もロールキャベツをじっくりと味わい、また目尻《めじり》に新たな涙を浮かべた。

「あの人、こんなに一生懸命、バラバラになるほどキャベツを煮込んだんやねえ。あんたに美味《おい》しいもんを食べさせたくて……」

「うん」

カンナも素直に頷く。

「あんたの顔を見るんも、あんたに手料理を食べさすんもこれが最後。そう思いながら、心をこめて作ったんやろね」

茜の声が震えたと思うと、トマトスープの上に、ポタポタと涙の雫《しずく》が落ちる。

「ママ……」

「パパのこと、黙っとってごめんね。ずっとパパの話、せんかってごめんね。けど、あんたが自分を責めたら、きっとパパも悲しいやろうと思って、ママも心を鬼にしてそうしとったんよ。あんたが、パパの話ができんで寂しそうにしとるん、ずっと悪いと思ってた」

カンナは、不思議そうに母親の顔を見つめる。

「けど、ママはパパのこと、嫌いやったんでしょ。そやから、離婚することになったんでしょ？　パパの話、ほんまにしたくなかったんと違うん？」

すると茜は、しばらく考えて、泣いたままで小さく微笑んだ。

「そうやね。結婚してみたら、色々考えが違うところがあって、譲れんことも増えて、これ以上一緒に暮らされへんって思った。それを、嫌いになったって言うんやったら、そうやろけど」

「そうやろけど？」

「二人ともあんたの親やから、お互い顔も見とうないってところまでは行かんうちに別れようって、相談して決めたんよ。たまに会って、家族三人、楽しく食事ができるくらいのうちに別れようって」

「……何それ。意味わからへん」

カンナの戸惑いに、茜は大人しそうな顔に困ったような笑みを浮かべ、首を傾げた。

「まだ、カンナには早いかな。夫婦の間には、色々あるんよ。ママはパパのことを、もう好きやなくなってたけど、憎んでまではいてへんかったよ。せやから……あの人が病気のことを打ち明けてくれたら、きっと死ぬまで看病したと思う。そのくらいの気持ちは、ちゃんと残ってた。だって、一度は好きで結婚した人やってんから」

「でも、パパはママにも何も言わんと自殺してしもたん？」

茜は傍らのハンドバッグからハンカチを出し、目元を押さえながら頷いた。

「そう。あんたのことだけ書いた遺書を置いてね。ママはパパに気持ちが残ってたけど、パパのほうはそうでもなかったんかな」

「そんな……」

「もう二度と逢《あ》われへんから、わからんけどね。せめて遺書に一言、達者で暮らせくらいのこと、書いてほしかったわ。あんたが可愛いでいっぱいいっぱいで、私のことが零《こぼ》れてしもたんかもしれんけど。うっかり者やったから」

「ママ……」

母親の寂しそうな発言に、カンナは困惑して言葉に詰まる。

そこで動いたのは、ロイドだった。

彼は優しく、母と娘に語りかけた。

「実はわたしども、カンナ様に、以前、嘘を申しました」

「えっ？」

カンナは驚いて、柔和なロイドの笑顔を見る。ロイドは、秘密めかしたおどけた口調で、二人にこう告げた。

「本当は、噂はまことなのです。このお店の中には、時に幽霊が現れます」

「嘘ッ!?」

カンナは目を丸くし、茜はいったい何の冗談かと、三人の顔を忙しく見比べる。

ロイドは重ねてこう言った。

「まことでございます。怖い幽霊ではございません。お客様が、心より再会したいと望まれる恋しいお方のみが、ほんの束の間、お姿を顕《あらわ》すのです」

「……何を言うてはるんですか？」

茜の呆《あき》れ顔の問いかけに、海里も言葉を添えた。

「信じられないだろうってのは、重々承知の上です。でも、一度でいいので、試してみてもらえませんか？　思い出の料理を食べながら、お父さんのこと、旦那《だんな》さんのこと、心から想ってあげてもらえませんか？」

「アホみたいやと思うでしょうけど、どうか」

夏神も、そっと声を掛ける。

茜とカンナは、困惑して顔を見合わせた。だが、先に反応したのは、カンナのほうだった。

「ほんまに……？」

「もしかしたら」

海里は、正直に答える。

「ダメモト?」

「っていうか、信じる者は救われるって奴かな」

「嘘くさい」

そう言いながらも、カンナはもう一口、ロールキャベツを食べた。人参《にんじん》をフォークでざくりと刺して頬張り、ベーコンも口に放り込む。

「けど、ほんまにパパの幽霊に会えたら、いい学校に行かれへんかってもいいから、もっと生きててほしかったって言いたい」

「そうやわ。勝手に自分ひとりで全部決めんといてって言いたいわ。あと、別れた女房でも、ちょっとは労《ねぎら》ってほしかった」

カンナの不満げな声に、茜も同意する。

「ロールキャベツ、もっぺん作ってほしかった」

「私にも、いっぺんくらい食べさしてほしかったわ、こんな美味しいもん。親子三人で、美味しいなあ、て言い合いながら、食べてみたかった」

互いの言葉に泣き笑いで頷《うなず》きながら、ついに茜とカンナの口から、同時に同じ言葉が零れる。

「会いたい」

二つの声が重なった直後、海里と夏神は、息を呑《の》んだ。

母と娘の間にあった、空っぽの椅子に、ぼんやりと薄い影が現れたのである。

それは、奇妙なほどくっきり二重にぶれた、男性の幻だった。

ひとりの人間が二人に分裂しかかっているときのような、あるいは乱視の人が裸眼でものを見たときのような、いささか薄気味の悪い状態である。

半透明の男性は半ば重なった状態でぶれたまま、それでも一卵性双生児のように同時に動いて、まずは茜、それからカンナを見た。

「お父さん！」

「パパ！」

茜とカンナは、驚きに満ちた掠《かす》れ声で、互いの見ている幻に呼びかけた。

その二つの声に呼応するように、二重にぶれていた幻が、一人の人間の姿に融合していく。

ほんの少しハッキリ見えるようになった男性は、まだ若く、カンナによく似た、少しきつい顔立ちをしていた。

だがその眼差《まなざ》しは優しく、どこか照れ臭そうに二人の姿を見ている。

「ほんまに……」

「ほんまにパパや。パパの幽霊に会えた」

茜は涙でそれ以上声にならず、カンナは父親に触れようと手を伸ばしたが、指先は、父親のポロシャツの肩口を突き抜け、椅子の背もたれに当たってしまう。

「パパ」

「お父さん」

さっきまで、幽霊が現れたらああ言おうとさんざん話していたにもかかわらず、いざ目の前に本人が現れてみると、二人とも、呼びかける以外に言葉が上手《うま》く出てこない。

曖昧《あいまい》な輪郭線を揺らめかせながら、男性は小さく、しかしハッキリと唇を動かした。

『ごめん』

声にならなくても、そのメッセージは二人の家族にしっかりと届いた。

ただ涙を流すふたりの前で、男性は微笑み、静かに消えていく。

「パパ……」

さっきまで父親の幽霊が座っていた座面にそっと手を触れ、カンナは涙でグシャグシャの顔で海里を見上げた。

「パパ、ごめんって言った？」

海里は、黙って頷く。

「ごめんって。自分勝手なあの人らしいわ。ごめんの一言で、全部私に押しつけていくんやから。生きてるときも、死んでからもそうやなんて」

「ママ……」

「そやけど、謝ってもらって、スッキリした。ほんまに悪いと思ってるん、感じられた気がするから。ただ、私らの気持ちは伝わったんやろか」

茜はまだ半分夢心地のまま、そう呟《つぶや》く。カンナは、濡《ぬ》れた頬に小さなえくぼを刻んだ。

「きっと、伝わっとうよ。パパ、笑ってたやん」

「そうやね。……きっと、そうやね」

カンナは席を立ち、母親のもとへ行くと、「ごめんなさい」と小さな声で詫《わ》びて、彼女にギュッと抱きついた。

座ったまま、娘を固く抱き返して、茜もまた、「ママもごめんね。これからは、パパの話をたくさんしようね」と、娘の耳元に囁《ささや》いたのだった。


茜とカンナが帰った後、夏神は仏頂面で、手つかずだった父親の分のロールキャベツを海里に差し出した。

「こんなもん客に出したて知れたら、師匠にしばき倒されるわ」

海里も「だよね」と頷き、夏神の傍で立ったまま、まったく巻いていないロールキャベツを箸《はし》で味わってみた。

「けど、味は抜群に旨《うま》いよ」

「当たり前や。俺を何やと思うてんねん」

夏神は、やはりムスッとした顔でそう言ったが、すぐに「せやけどまあ、よかったけどな」と付け加えた。

った。

「お前はもうちょっと冷めるまで無理。まだ、肉団子の中身はけっこう熱い」

試食をせがむロイドをすげなくあしらって、海里は今は誰もいない「特別席」を見やった。

「それにしても、ホントに出てきたな、幽霊」

「せやな。さすがにビビったわ。カンナさんの親父さん、だいぶ前に亡くなっとるやろ。アレか？　淡海先生の妹さんみたいに、心配すぎて、ずっと傍に居残っとったって奴か？」

夏神の質問は、今回の計画の立案者であるロイドに向けられている。ロールキャベツが食べたくて、子供のようにジタジタしていたロイドは、「いいえ？」と軽やかに答えた。

「おや、お二方とも、お気づきになりませんでしたか？」

「何をや？」

「あれは幽霊ではございません。茜様とカンナ様が生み出した、それぞれのお心の中にある亡きお方の幻でございますよ。ですから」

ロイドは、自分の両手を少しずらして重ねてみせる。

「最初、二つの幻は微妙にずれておりましたでしょう？　妻の中にある夫の姿、娘の中にある父親の姿。同じ人物でも、記憶に残る姿は微妙に異なります」

「海里様、わたしも！」

それを聞いて、海里はポンと手を打った。

「なるほど！　なんか気持ち悪いズレだと思ったんだよ。じゃあ、それが一つになったのは……」

「お二人が心を通わせたことで、それぞれの記憶の中の夫、そして父親の姿が融合したのでございましょうね。この店には、この世の者ならざる存在が身を寄せやすい、不思議な空気が漂っております。ならば、記憶という形のない器にも、強い想いがほんのひととき、命を吹き込むことができるのではないかと思いました」

何しろ、わたし自身が、何もない器に、人間によって命を吹き込まれた者ですから、と静かに言い添えて、ロイドは微笑んだ。

「なるほど……。そういうことか」

夏神は呻《うめ》くように言ったが、海里はなおも不審そうに唇を尖《とが》らせた。

「じゃあ、何？　あの『ゴメン』っていうのは、お父さんの幽霊が言ったんじゃなくて、二人の心が、その言葉を求めてたから、そう言ったように見えたってこと？」

「そうやもしれませんが、ここはひとつ、プレクリスマスの奇跡ということにしておくのが、粋《いき》というものでは？」

「何だよ、どうせ俺は無粋ですよーだ。くそ、もうロールキャベツ、お前にはやらねえ。俺が全部食う」

「あっ、そんな殺生な……！　今回の最大の功労者にそのような酷《ひど》い仕打ちを」

「功労者は夏神さんだろ！　自画自賛すんな」

「自分を褒め、認め、労《ねぎら》うことは大切でございますよ〜。ささ、ロールキャベツを」

「いやだ。俺だって頑張ったもんね」

さっきまでのしんみりした空気をみずからぶち壊しにして、海里とロイドはロールキャベツを奪い合い、厨房《ちゅうぼう》の中をうろつき回る。

「おい。お前ら、ええ加減にせえよ」

いつものように小言を言いつつ、夏神は空っぽになったシチュー鍋《なべ》を覗《のぞ》き込み、「ほんまにすんません」と、亡き師匠に心から詫びたのだった。


その夜、後片付けを済ませて早々に布団に入ったものの、寝付かれずにゴロゴロしていた夏神は、襖《ふすま》をノックする小さな音にむっくり起き上がった。

「イガか？」

すると襖が開き、海里がそろりと入ってくる。

「どないした？」

夏神が灯《あか》りを点《つ》けながら問いかけると、海里は布団の傍にいきなり正座して、こう告げた。

「俺、決めたよ。例の、淡海先生の小説のこと。その、ドラマ化云々《うんぬん》の。いちばん先に夏神さんに話そうと思ったら、朝まで我慢できなくなった。ゴメン」

「……ええよ。起きとったから。ほんで、どうすんねや？」

夏神は極力平静を装い、布団の上に胡座《あぐら》をかいた。本当は、早くも血の気が引いて顔がヒヤヒヤしていたが、それを海里に気取られまいと、腹に力を入れ、顔を引きしめる。

そんな夏神と対照的に、海里はごく冷静にこう言った。

「蹴《け》る」

「なんやて？」

「断ることにした」

それを聞いて、驚くと同時に安堵《あんど》してしまいそうな気持ちを、夏神は必死で胸の奥に押し留《とど》めた。

「何でや？　小説、本をもろたんやろ？　読んで、気に入らんかったんか？」

それに対する海里の返答は、夏神をさらに驚かせた。

「読んでねえ」

「は？　何で読まへんねん。読んでから返事するんが筋やろが」

しかし海里は、きっぱりこう言った。

「だって、読んでから断ったんじゃ、俺が小説の中身を値踏みしてから決めたみたいだろ？　そういうことじゃないんだ。俺、淡海先生に感謝してるから、断るんだよ」

「感謝？　勝手にあれこれ段取りされたっちゅうのにか？」

「それは怒ってるし、好奇心で俺たちを引っかき回したことは、次に店に来たときに、ちゃんと謝ってもらう。でもさ、淡海先生、やっぱ根はいい人だと思うんだよ。俺をモデルに小説を書いてたから、俺のこと、俺以上にわかっちゃったのかもしれない」

「どういうことや？」

呆然《ぼうぜん》とする夏神に、海里は照れ臭そうにようやくいつもの笑みを見せた。

「八月にササクラさんに舞台に立たせてもらったとき、俺、凄《すご》く嬉《うれ》しくて、興奮して、気持ちが高揚して、満たされて……まるで光に包まれたような気持ちだった。実際、照明を受けてたわけだけど、そういうことじゃなく」

「さすがにわかっとるわ」

「ゴメン。俺さあ、これはただのアクシデントだ、こんなことで舞い上がっちゃダメだって自制してるつもりで、やっぱ浮かれてたんだな。小説の取材で淡海先生と電話で喋《しゃべ》ってるときに、きっとそんな空気が伝わっちゃったんだと思う。だから淡海先生、滅茶《めちゃ》苦茶乱暴なやり方だけど、俺を叱って、試してくれたんだと思う」

「試した……？　ドラマ化の話でか？」

「そう。呼び水みたいに芸能界への復帰ルートを見せて、俺がほいほい食いつくかどうか。俺に本当にあの世界に戻る準備ができてるかどうか」

夏神は、寝乱れた髪を撫《な》でつけながら、低く唸《うな》る。海里は、真顔で続けた。

「それと同時に、俺が芸能界に……役者の道に戻ることを、本心では死ぬほど怖がってることも、先生は見抜いてた。そういう俺自身もちゃんとわかってなかったややこしい感情の一切合切を、先生はテレビの画面を通して、俺に突きつけてくれたんだなって。あの本を差し出したときの先生の顔を見て、確信できた。先生、顔じゅうで『正しい選択をしてくれよ』って言ってた気がする」

　夏神は、ゴクリと生唾《なまつば》を呑《の》み込んだ。絞り出した声は、微《かす》かに掠《かす》れていた。

「正しい選択っちゅうんが、あんなええ話を蹴ることか？　たぶん、二度とないでかいチャンスやぞ？」

　すると海里は、どこか晴れやかに笑って頷《うなず》いた。

「わかってる。けど、やっぱり俺は、もう二度と、誰かの敷いてくれたレールの上は走らない。どんだけ大変でも、時間がかかっても、自分で敷石を並べるところからやりたい。でないと、失敗したとき、誰かのせいにしたくなっちゃうだろ」

「イガ……」

「それと同時に、レールを延ばすことも、怖がらないでいようと思う。俺の未来がどこに繋《つな》がってるかはわからないけど、今できることを、もっと一生懸命やる。料理のことも、芝居のことも……本当にやりたいことを、全部やろうと思う」

　そこで言葉を切って、海里はしんみりした口調で付け加えた。

「さっきの二人を見ててさ。人の心はあんなにハッキリした幻だって生み出せるんだ、本気で願う心ってすげえなって、改めて思った。ロイドにも、あの二人にも感謝しなきゃ。俺、夏神さんに助けてもらった命、もっと必死で使うよ。だから……たとえずっとじゃなくても、今は、弟子としてよろしくお願いします！」

そう言って、海里は畳の上に両手をつき、夏神に深々と頭を下げた。

「それで、ほんまにええんか？」

なおも問いかける夏神に、海里は畳に額を擦《こす》りつけることで答える。

夏神は、ふうっと大きく息を吐いた。海里がここにいてくれることを嬉しく思う本心と、それでもいつかは彼を手放さなくてはならないのだという覚悟が、夏神の胸の中で大きく入り交じり、溶け合っていく。

「ほんなら俺は、お前が敷いたレールに、犬釘《いぬくぎ》を打つ。不出来な師匠やけど、お前がちょっとずつ前へ進むんを、手伝わしてくれ」

「夏神さん……」

「ええか。これだけは約束してくれ。お前がお前の道を選ぶときには、俺を勘定に入れんな。行きたいほうへ行け。生きたいように生きろ。俺は、そういうお前が見たい」

そう言って、夏神は大きな手で海里の背中をバシンと叩《たた》いた。

二人の目からほぼ同時に零《こぼ》れた涙が、畳の上に小さな水たまりを作る。

そのとき、廊下にも涙の海を作る眼鏡の付喪神《つくもがみ》が正座していることに、二人はまだ気付かずにいた……。

エピローグ

「我が主《あるじ》、このような具合でよろしゅうございますか」

ロイドの声に、床にしゃがみ込んでオーブンの中を覗き込んでいた海里は、立ち上がって調理台のほうを向いた。

さっきから、ロイドがああでもない、こうでもないと盛り付けを試行錯誤していたサラダが、ついに完成したらしい。

「どれどれ……」

少しばかり先輩風を吹かして仕上げチェックをしようとした海里は、ロイドが誇らしげに「じゃーん」と示したサラダを一目見るなり、盛大に噴き出した。

「ちょ……お前、それ」

「なんや、どないした」

奮発して買ってきた大きな海老《えび》に衣をつけていた夏神も、やって来るなり「ふぐっ」と奇妙な声を出し、口元を片手で覆う。

二人の反応に、ロイドは訝《いぶか》しげに「はて、ちと芸術性が高すぎたでしょうか」と首を捻《ひね》った。

「げ、芸術性」

「まあ……その、ある意味前衛芸術みたいやな」

夏神の最大限ポジティブであろうと努力した結果の感想に、エプロン姿のロイドは誇らしげに胸を張った。

「さよう、さすが夏神様はわかっていらっしゃる」

「お、おう」

明らかに笑いをかみ殺し損ねた奇妙な表情で、夏神は頷く。海里は、不満げに口をとがらせた。

「夏神さんは、ロイドを甘やかしすぎ！」

「せやけど、かなり攻めてんで。少なくとも俺には作れんわ、これは」

「そこは完全同意だけどさあ」

二人の視線の先には、サラダと呼ぶにはあまりにも奇抜な一皿が、無愛想なステンレスの調理台の上で異彩を放っている。

器こそシンプルな深皿だが、まずベースに皿から大きくはみ出す形でサラダ菜を敷き、その上にまるで大樹の切り株のように平たくツナサラダを盛り付けてある。短い幹をイメージしたのか、その上にポテトサラダを円錐《えんすい》状に整えて載せ、てっぺんには茹《ゆ》でたブロッコリーの小房がちょんと置かれていた。

さらに、ポテトサラダには枝葉のつもりかサラダほうれんそうがざくざくとまんべんなく刺され、おそらくは木の実が落ちたことを想定して、皿の空き場所にはプチトマトが敷き詰められている。

「リンゴの木を、芸術的に表現してみました！」

そんなロイドの簡潔な説明に、海里は鋭くツッコミを入れた。

「そこはなんとなく察するけどさ、スモークサーモンはどういう立ち位置なわけ？」

海里の言うとおり、サラダをなんとも不気味な見てくれにしているのは、プチトマトを覆い隠すほど散らされた、一口大にカットされたスモークサーモンである。

だがロイドは、「そこに気づかれるとは、お目が高い！」とニコニコした。どうやら、そこにも彼なりのこだわりがあるらしい。

「だいぶ上から褒めてくれてありがとな。ってか。何なんだよ、マジで」

「一目瞭然《いちもくりょうぜん》ではございませんか。落ち葉です」

「落ち葉？」

「そうですとも！　落ち葉が地面を覆い尽くすさまを表現してみました」

「……な、なるほど？」

「崩すのが惜しい完成度の高さでございましょう？」

自分の力作をほれぼれと眺めるロイドに、夏神と海里は顔を見合わせ、ややくたびれた笑みを交わした。

とにしたのである。

今年はちょうど週末に当たったので、三人は自分たちでクリスマスディナーを作ることにしたのである。

オーブンの中で丸鶏《まるどり》がローストされているあいだに、夏神は海老フライ、火を使えないロイドはサラダをそれぞれ担当し、海里は……。

「おい、イガ。それはそうと、ジャガイモはあんまし煮ると崩れるで」

「あっ、そうだ！　ヤバい、サラダが強烈すぎて忘れてた」

海里は慌てて、弱火にかけていた小鍋《なべ》の前へ行った。鍋の中身を竹串《たけぐし》でそっとつついて、ほうっと安堵《あんど》の息を吐く。

「セーフ。というか、メークインだから、このくらいでベストタイミングだと思う。サンキュー、夏神さん」

「そらよかった」

夏神はにやっとすると、ごくさりげなく海里のためにグラスベイクのキャセロールを出してやった。乳白色の肌合いが優しい、夏神が亡き師匠の店からもらい受けた食器の一つだ。

海里は小鍋を火から下ろし、キャセロールのそばに置いた。

小鍋の中には、皮を剝《む》いたニンニクが一かけ、それにスライサーで薄切りにしたジャガイモが、ひたひたの牛乳の中で静かに煮えている。

海里はキャセロールの内側に薄くまんべんなくバターを塗ると、鍋のジャガイモを崩さないようにフライ返しですくい取り、キャセロールに移した。それから、鍋の牛乳に生クリームを足して弱火にかけ、ふつふつしてきたところで塩こしょうで味を整え、ジャガイモの上から注ぎ入れる。仕上げにフレーク状のチーズを軽く振りかけると、海里はキャセロールをオーブントースターに入れた。

本来ならばオーブンに入れたいところだが、店のオーブンは小型で、丸鶏だけでいっぱいいっぱいなのである。

「俺の仕事はひとまず片付いたけど、なんか手伝う？」

海里はそう言ったが、夏神は海老に丁寧に衣をつけながら「いんや」と言った。

「俺のほうも、じき終わる。鶏ももう焼き上がる頃やろ。海老を揚げもってそっちとお前の芋も面倒みとくし、食卓と飲み物の支度をしてきてくれや」

「了解！　ほんじゃロイド、行くぞ」

「かしこまりました！」

ドタドタと階段を駆け上がっていく二人を、夏神は「埃《ほこり》が落ちるやろ」と小言を言いつつも、無骨な笑顔で見送った。

いつもはもっぱら家飲みに使われる茶の間の丸いちゃぶ台が、今日はクリスマスディナーのテーブルになっている。

といっても、テーブルクロスなどないので、真っ白な布団カバーにアイロンを掛けて折り畳んだものを敷いただけなのだが、それでも小さなキャンドルに火を点《つ》けて飾れば、それらしい雰囲気は十分に出る。

そんな急ごしらえの「ディナーテーブル」に、三人は厨房《ちゅうぼう》から運んできたご馳走《ちそう》を並べた。

中央には、丸鶏のロースト。ハーブ入りの塩水にまる一日浸《つ》けて味を染み込ませ、仕上げにガーリックオイルを塗ってこんがり焼き上げたものだ。

中には、夏神がやや硬めに炊き上げたピラフが詰めてある。

それに添えるのは、茹でたブロッコリー、ロイドが盛りつけた奇抜な姿のサラダ、そして、海里が作ったポテトグラタン、もとい「グラタン・ドフィノワ」である。

三人はちゃぶ台を囲むと、ロゼのスパークリングワインで乾杯することにした。

残念ながらワイングラスなどという洒落《しゃれ》たものはないので、ただの透明なグラスに、淡いバラ色の泡立つ液体をなみなみと注ぎ合う。

「ほな、言い慣れんけど、メリークリスマスとか、言うたほうがええんかな」

そんなしまらない夏神の音頭に、海里とロイドは元気よく「メリークリスマス!」と唱和して、それぞれのグラスを強めにぶつけ合う。

「さて、ご馳走食おうぜ」

海里はそう言って、厨房から持ち出したペティナイフを取ろうとした。だが、夏神はそれを制止し、自分がナイフを持つ。

「ローストは、家長が切り分けるんが掟《おきて》や。つまり、俺やろ」

分厚い胸を張ってそう言うと、夏神は、鮮やかな手さばきでもも肉を切り分け、ロイドと海里の皿に入れた。自分用には、むね肉を大きく切り取る。

それから詰め物のピラフを気前よく盛り分け、ついでに海里が作った「グラタン・ドフィノワ」もスプーンで綺麗《きれい》なジャガイモの層が出るように取り分けた。

「さすが、夏神さん。洋食の人だな」

「今さら気付いたんかい」

照れてそんなことを言いつつも、夏神は盛りつけを終え、三人は食事を始めた。

ロイドのサラダは力作すぎて崩すのを全員が躊躇《ためら》ったが、結局、「せえの」でいっぺんにスプーンを突っ込み、一瞬で崩壊させた。

大きな鶏が、男三人の旺盛《おうせい》な食欲によって、徐々に骨格標本のような有様になっていく。

卓上のご馳走をあらかた食べ終え、腹がくちくなった頃、海里は「よっしゃ、ケーキ作るぞ」と立ち上がった。

てっきり、どこかで買ってきたものだと思い込んでいた夏神は、目を剝《む》く。

「今からか？」

「そ。たちまち作れるクリスマスケーキ〜」

奇妙な抑揚をつけて海里が運んできたのは、美しい花模様のついた透明なガラス容器だった。直径は十五センチほど、高さは七、八センチの短い円筒形をしている。

それを卓上に置いて、海里はさらに色々なアイテムを厨房から持って来た。

「じゃじゃん」

効果音と共にまず取り出したのは、市販のスポンジケーキである。

「あらかじめ、軽くシロップを塗っておいたこれを……」

軽く説明しながら、海里はしっとりさせたスポンジケーキを一口大にざくざくと切り、ガラス容器の底に一層、敷き詰めた。そして、緩く泡立てておいた生クリームを流し込んで広げると、ブルーベリーと半分に切った苺《いちご》、ラズベリーをちりばめ、その上からまたスポンジケーキの層を作る。

「生クリームは、普通のケーキよりうんと緩めでいいんだ。自立させなくていいから」

そう言って、残りの生クリームを載せ、これまた残っていたベリー類とミントの葉を飾れば、なるほど、あっと言う間に小洒落たケーキが完成する。

「やるな」

夏神は感心しきりで一連の作業を見守っており、ロイドは子供のように身を乗り出して、「早くいただきましょう」とせがんだ。

「ちょっとは目で見て楽しめっつの。つか、せっかくの記念だから、自撮りしようぜ」

そう言うと、海里は用意してあった細長い蠟燭《ろうそく》を一本、即席ケーキの真ん中に立て、ライターで火を点けた。

そして、夏神に向かって手を出す。夏神は、訝《いぶか》しげに小首を傾げた。

「何や？」

「スマフォ。出して」

「は？　俺のんで撮るんか？」

「二人分のスマフォで撮っとく。たまには形になる思い出があってもいいだろ？」

ちょっと照れ臭そうにそう言ってから、海里は悪戯《いたずら》っぽくウインクして付け加えた。

「犬釘《いぬくぎ》。俺だって、夏神さんのレールに時々は打ちたいよ」

二人にとっては大切な言葉を口にして、海里はテーブルの端にケーキを置いた。

「ほら、二人とも寄って！　あんまり置くと、生クリームが蠟燭風味になるだろ！」

そう言いながら、夏神とロイドの肩を両手で摑《つか》み、自分のほうにグイと引き寄せる。

そうしておいて、彼は右腕をいっぱいに伸ばして、スマートフォンを構えた。

「おい、野郎三人でローストチキンの残骸《ざんがい》とケーキを前に記念写真て、なんぼなんでも気持ち悪いん違うか？」

「海里様、わたしもすまふぉ、がほしゅうございます！」

口々に主張する夏神とロイドに、「うるさいな〜！　早くニッコリして、ニッコリ！」と指示する海里がちょうど「コ」を発音した瞬間に、無情にもセルフタイマーがシャッターを切る。

「ほらー！　もう一枚！　ちゃんとしようって！」

賑《にぎ》やかに騒ぎながら、三人は何枚も何枚も、蠟燭が完全に溶けてしまうまで、「記念写真」を撮り続けた。

凪《な》いだ湖のような日々から、それぞれが動き出す新年がやってくる。

そんな予感をそれぞれの胸に秘めつつ、酔っ払った三人の無邪気な笑顔が、フレームいっぱいに弾《はじ》けていた……。

まいどどうも、夏神です。　なんや今回は、しゃーないんやけど不本意なロールキャベツを作ってしもて、どうにもこうにも心残りやったもんで、こっちでもっぺん紹介さしてもらおうかなと。家庭向きに、できるだけ失敗のうできるようにシンプルにアレンジしたんで、こっからどんどん自分の好きなようにアレンジしてもろたらええと思います。デザートは、俺よりイガのほうが小洒落たもんを作るんで、任せました。ほな、ちょっとしたご馳走メニュー、気張って作ってみたってください。

イラスト／くにみつ

夏神が、本当はこう作りたかったロールキャベツ

★材料（4〜5人前）

キャベツ　1玉
（使い切らんけど、丸ごとが使いやすいんで、大きめを。平たい奴はやりにくいから、丸っこい奴を選んでな！）
合挽肉　400gくらい
タマネギ　大きめ1個
パン粉　ひと摑み
玉子　1個
トマト水煮缶　1缶
（できたら、ダイス状にカットされた奴を）

調味料
ケチャップ　大さじ2
ウスターソース　大さじ1
砂糖　大さじ1
コンソメの素　キューブ状を2個くらい

ベーコン　薄切りを3枚
（厚切りを1枚でもええよ。そのへんはお好みで）
塩、胡椒　適量

★作り方

❶まずは、キャベツの処理から頑張るで。やり方は好きにしてもろてええんやけど、なかなかキャベツ丸ごとが入る鍋はないやろし、いちばんのおすすめは電子レンジを使うやり方や。
まず、キャベツを丸ごと軽う濡らして、全体をラップフィルムで包む。そうしたら、どっちが上でもええから、3分加熱（基準は600W。500Wのときは様子を見ながらちょい長めに）。次に上下を返してもう3分加熱や。加熱してすぐは熱いから、触れるようになったら取り出して、芯が見える方を上にしよう。芯のキワキワんとこに包丁をザクザク入れて、葉を付け根から切り離す。芯は無理してくり抜かんでもええよ。
そうしたら、シンクに持って行って、上から水をかけよう。葉っぱの隙間に水を垂らしていくと、葉を剝がしやすうなる。できるだけ葉を切らんように、丁寧に外側から1枚ずつ、芯のほうから剝がしていこう。真ん中がこぶし大くらいになると剝がすのが難しゅうなるから、そのあたりでやめてええよ。
❷少し大きめの鍋に水をたっぷり入れて、火にかけよう。沸くのを待つ間に、剝がして1枚ずつにしたキャベツの硬い芯を、包丁で削いで薄くしておく。削いだ分が勿体なければ、細かいみじん切りにして、次に作る肉だねに混ぜこんでもええよ。
湯が沸いたら、キャベツの葉を1〜2枚ずつ、しんなりするまで湯がこう。外側はレンジでかなり柔らこうなっとるから、短めで大丈夫や。内側は少し長めに。湯から上げたキャベツは、布巾やペーパータオルでざっくり水気を取って、そのまま冷ましといてな。
❸肉だねを作ろう。冷蔵庫で冷たくしておいた合挽肉に、好みの粗さのみじん切りにしたタマネギ、たっぷりひと摑み分のパン粉、玉子、塩、胡椒を入れてよう練って。塩は小さじ1弱くらいでええと思う。胡椒は少したっぷり気味が旨いかな。肉だねは、作りたいロールキャベツの大きさによって、8等分から10等分くらいにざっくり分けておこう。
❹これで、材料は揃った。あとは「巻き」や。まずは、大きい葉を1枚広げて、その真ん中ちょい芯側に、俵型に細長く整えた肉だねを置こう。芯は手前のほうに置くとええな。

そしたら、芯のほうから葉を持ち上げて、肉だねに巻き付けるように包む。次に左右から葉を折り込んで、あとはくるくる、できるだけきっちり巻き上げていく。特に爪楊枝でとじたりせんでええから、そのまま置いておこう。

大きい葉から順に使っていって、だんだん1枚で巻くんが厳しゅうなったら、小さめの葉を2枚か3枚取り合わせて、巻いてみよう。多少不恰好になっても、大きさが不揃いでも、大丈夫やから。心配せんと、どんどんいこう。
❺全部の肉だねを巻き終わったら、煮込み用の鍋を用意しよう。鍋でも、でかくて深さのあるフライパンでもええけど、とにかく大事なんは、できるだけ隙間のないように、ロールキャベツを詰めていくっちゅうことや。ギチギチに詰めたら、ほどける心配がないから、とじる必要がなくなるからな。もし隙間が空いたら、ソーセージやら、輪切りの人参やら、タマネギやら、そういうもんで埋めてもええと思う。
❻ロールキャベツが綺麗に鍋に詰まったら、その上から、トマト水煮を缶汁ごと注ごう。トマトがカットされていないときは、事前に刻むなり、手でぐじゃっと潰すなり。空いた缶に水を2杯、なみなみに入れて、鍋に注ごう。だいたいこれで、ロールキャベツに十分水が被っとると思う。足りんかったら、適当に足してな。
あとは、調味料を入れて、ベーコンを適当に刻んで散らして、火にかけよう。沸騰するまでは中火、あとは弱火でことこと、最低1時間は煮てほしい。落とし蓋があったらして、なかったら鍋の蓋でもアルミホイルでもベーキングシートでもなんでもええから、ロールキャベツの表面が乾かんようにしといてな。煮汁が足りんようになったら、都度、水を足してもろたらええ。
❼1時間経ったら、ベーコンから塩気が十分に出とると思うから、煮汁の味を見て、好みに調節してな。せやけど、どうせやったら汁まで美味しゅう飲めるようにしときたいから、一口めはちょっとだけ物足りんなあ、くらいでちょうどええと思う。可能やったら一晩置いたほうが、よう味が染みて美味しいけど、すぐでも十分や。ナイフとフォークを添えて、煮汁たっぷりでよろしゅうおあがり！

キャベツの真ん中が余ったら……箸休めの和風コールスロー

★材料

ロールキャベツの残りのキャベツ　あるだけ
塩　少々
米酢、薄口醤油、砂糖　適量
美味しい油　小さじ1〜2
（キャベツの量に応じて加減してな。美味しい油っちゅうんは、米油でも、太白ごま油でも、ごま油でも、好きな奴を使うてや）

★作り方

❶ロールキャベツの葉をむしったあとの残りのキャベツには、中途半端に熱が通ったところがあるかもしれんけど、あんまり細かいことは気にせんと、千切りよりはちょっと太めの細切りに。お好みで小さめのざく切りでもええよ。切れたら、耐熱容器に入れてラップフィルムをかけて、電子レンジ（600W）で1分半から2分、全体的に軽うしんなりするまで加熱してな。
❷キャベツが熱いうちに、塩を小さじ1くらい振りかけて、箸でよう混ぜて。冷める頃には水が出とると思うから、両手で軽う絞ってな。あんまし強う絞るとモサモサに仕上がるから、そのまま食べて美味しいな、くらいの加減で。
❸米酢と薄口醤油を1：1、そこに砂糖をひとつまみずつ入れて好みの味にしたら、油と一緒にキャベツにかけて、馴染ませて。手でワシワシやるんが、いちばん上手くいく。
❹そのままでもアッサリ旨いけど、お好みで塩昆布や水煮コーンを散らしたり、胡椒や七味をかけたり。好きにアレンジして楽しんでな。

今回はデザート担当、海里です！　全部手作りってのもいいけど、市販品を活用して、ぱぱっと作って食べる気軽なデザートもいいよね。今回のイートン・メスは、材料をどんどん盛り込むだけで、なんとなーくお洒落に見えるのがいいところ。クリスマスなら苺がお薦めだけど、どんなフルーツでも美味しくなるよ。試しにロイドに作らせてみてもバッチリだったから、お子さんでも失敗はなさそう。子供のパーティなんかでは、フルーツを色々用意して、おのおのが好きに作ったりしたら楽しいんじゃないかな！

イラスト／くにみつ

その場で作ってざくざく食べよう、イートン・メス

★材料（4人前）

苺など、食べたいフルーツ　食べたいだけ
レモン汁　大さじ1/2
キルシュまたは甘口の白ワイン　大さじ1

お酒は省略しても可。というか、お子さん用には絶対入れないようにしてくれよな！

生クリーム　200ml（1パック）
砂糖　15～20g（お好みで）
市販のメレンゲクッキー　適量

小さいものならそのまま、でっかい奴なら、一口大に適当に割って

★作り方

❶ガラス製の、サンデーやパフェによさそうな器を用意しよう。大盛りにして取り分けてもいいけれど、これは1人前ずつ盛るのが可愛いと思う。器は、盛りつけるまで冷蔵庫で冷やしておいて。

❷大きなボウルに氷水を浅めに入れて、その上に生クリームを入れたボウルを置いて（水が入らないように注意して！）、砂糖を加え、8分立てにしよう。8分立てっていうのは、泡立て器で生クリームを持ち上げると、立ったツノがみょーんと折れるくらい。ゆるいけれど、大丈夫！

❸フルーツは、洗って水気を切り、一口大にカットして、レモン汁と、お好みでキルシュや白ワインを振りかけておいて。

❹さて、あとは器を取り出して、メレンゲクッキー、フルーツ、生クリームを少しずつ交互に盛り込んでいけば完成！　メレンゲクッキーをスプーンで崩すようにざくざく混ぜて食べよう。これは、作り置きは絶対にしないこと。メレンゲクッキーが湿気てしまうと、値打ちがなくなるよ。作ったらすぐ食べて！　ディッシー！

本書は書き下ろしです。

この作品はフィクションです。実在の人物、団体等とは一切関係ありません。

最後《さいご》の晩《ばん》ごはん

聖《せい》なる夜《よる》のロールキャベツ

椹《ふし》野《の》道《みち》流《る》

平成30年 12月25日　初版発行

発行者●郡司 聡

発行●株式会社KADOKAWA
〒102-8177　東京都千代田区富士見2-13-3
電話　0570-002-301（ナビダイヤル）

角川文庫 21360

印刷所●株式会社暁印刷
製本所●株式会社ビルディング・ブックセンター

表紙画●和田三造

ISBN 978-4-04-106889-2　C0193

角川文庫発刊に際して

角 川 源 義

第二次世界大戦の敗北は、軍事力の敗北であった以上に、私たちの若い文化力の敗退であった。私たちの文化が戦争に対して如何に無力であり、単なるあだ花に過ぎなかったかを、私たちは身を以て体験し痛感した。西洋近代文化の摂取にとって、明治以後八十年の歳月は決して短かすぎたとは言えない。にもかかわらず、近代文化の伝統を確立し、自由な批判と柔軟な良識に富む文化層として自らを形成することに私たちは失敗して来た。そしてこれは、各層への文化の普及滲透を任務とする出版人の責任でもあった。

一九四五年以来、私たちは再び振出しに戻り、第一歩から踏み出すことを余儀なくされた。これは大きな不幸ではあるが、反面、これまでの混沌・未熟・歪曲の中にあった我が国の文化に秩序と確たる基礎を齎らすためには絶好の機会でもある。角川書店は、このような祖国の文化的危機にあたり、微力をも顧みず再建の礎石たるべき抱負と決意とをもって出発したが、ここに創立以来の念願を果すべく角川文庫を発刊する。これまで刊行されたあらゆる全集叢書文庫類の長所と短所とを検討し、古今東西の不朽の典籍を、良心的編集のもとに、廉価に、そして書架にふさわしい美本として、多くのひとびとに提供しようとする。しかし私たちは徒らに百科全書的な知識のジレッタントを作ることを目的とせず、あくまで祖国の文化に秩序と再建への道を示し、この文庫を角川書店の栄ある事業として、今後永久に継続発展せしめ、学芸と教養との殿堂として大成せんことを期したい。多くの読書子の愛情ある忠言と支持とによって、この希望と抱負とを完遂せしめられんことを願う。

一九四九年五月三日

最後の晩ごはん

ふるさととだし巻き卵

椹野道流

泣いて笑って癒される、小さな店の物語

若手イケメン俳優の五十嵐《いがらし》海里《かいり》は、ねつ造スキャンダルで活動休止に追い込まれてしまう。全てを失い、郷里の神戸に戻るが、家族の助けも借りられず……。行くあてもなく絶望する中、彼は定食屋の夏神《なつがみ》留二《りゅうじ》に拾われる。夏神の定食屋「ばんめし屋」は、夜に開店し、始発が走る頃に閉店する不思議な店。そこで働くことになった海里だが、とんでもない客が現れて……。幽霊すらも常連客!?　美味しく切なくほっこりと、「ばんめし屋」開店！

角川文庫のキャラクター文芸

ISBN 978-4-04-102056-2

ISBN 978-4-04-103362-3